糖果子弹

砂糖菓子の弾丸は撃ちぬけない

【日本】樱庭一树——著
亮夕——译

译林出版社

图书在版编目（CIP）数据

糖果子弹 /（日）樱庭一树著 ; 亮夕译. -- 南京 : 译林出版社, 2024. 11. -- ISBN 978-7-5753-0270-8

Ⅰ. I313.45

中国国家版本馆CIP数据核字第2024HC0183号

著作权合同登记号　图字：10-2022-220号

糖果子弹　[日本] 樱庭一树 / 著　亮夕 / 译

责任编辑　王　玥
装帧设计　尚燕平
校　　对　戴小娥
责任印制　闻媛媛

原文出版　角川文库，2009
出版发行　译林出版社
地　　址　南京市湖南路 1 号 A 楼
邮　　箱　yilin@yilin.com
网　　址　www.yilin.com
市场热线　025-86633278
排　　版　南京展望文化发展有限公司
印　　刷　江苏凤凰通达印刷有限公司
开　　本　787 毫米 ×1092 毫米　1/32
印　　张　7.5
插　　页　2
版　　次　2024 年 11 月第 1 版
印　　次　2024 年 11 月第 1 次印刷
书　　号　ISBN 978-7-5753-0270-8
定　　价　39.80 元

目 录

新闻报道

（摘录）

十月四日清晨，在鸟取县境港市蜷山的半山腰，发现了一具遭肢解的少女遗体。经查证，死者是市内初中二年级学生海野藻屑（13岁）。被害人自前一日夜间起行踪不明。遗体的第一发现人是与死者同校的A同学（13岁）。警方在调查嫌疑人及犯罪动机的同时，对A同学为何前往遗体发现地进行了详细问讯。

第一章

我和糖果子弹，无法成为朋友

转校生海野藻屑突然闯入——转入我们班的日子大概是那年的九月三日或是四日。那是过完暑假后的新学期伊始，一个天色阴郁的懒懒散散的早晨。她在黑板上写下了自己的名字，字迹出人意料地漂亮。看向黑板的我们都不约而同地觉得这名字真离谱。真的，确实太不像话了，姓“海野”绝对不该取那么个名字……也不对，跟姓什么无关，光“藻屑”这俩字就很糟糕。[1]

座位跟我隔着一条过道的男生花名岛，不禁小声嘀咕：“真想看看她爸妈什么样……”他朝过道这边的我看过来：“喂！山田，你说是不？”

我刚想点头，后排的女生用自动铅笔尖戳了戳我，我刚一回头，她就说出了一则令人讶异的消息：

---

1 “海野藻屑”在日语里谐音“海里的碎藻屑”，且“屑”在日语中有“无用之物、垃圾、人渣”等意。——译者注，全书同

“小渚，这个新来的，她爸可是海野雅爱哟。”

“……欸！？真的假的？”

“海野雅爱不就是本地人嘛，老家离这儿挺近的。”

“嗯，确实听说过……”

我想起以前在电视上经常看到的海野雅爱那张精致俊美的面孔。虽然他红极一时已是陈年旧事，具体情况我们也不太了解，但他组乐队出道时的成名曲，至今仍时不时被当作汽车、化妆品、长筒袜什么的广告歌，流淌在大众耳边。

《人鱼之骨》

词、曲：海野雅爱

我凝望朝霞映照的海域

发现了你

如梦幻般美丽的　人鱼

只一瞬间，你便消失了踪迹

我执着地来到这片海域

只为找到你……

终于再次相遇，我呼唤你

你回头望我，眼中满是好奇

如梦幻般美丽的　人鱼

当你游进我的领地

我伸出手　终于抓住了你

用我这双手……

然而，如此美妙的歌曲，第三段歌词却很少有人知道，说的是捕到人鱼的男主人公，竟然把它做成刺身吃了。那可是人鱼！而且是活着切片！结尾还有大意为“人鱼的骨头是美丽的淡粉色”的词句，真够瘆人的。

到第二段为止，这首歌还是浪漫的，大家都对海野雅爱很着迷，但第三段……第三段歌词简直像在描述杀人分尸。

那个星二代转校生，在奇怪名字的推波助澜之下，引起了班上同学的兴趣。独我一人态度冷淡，装作毫不关心的样子盯着桌角发呆。

其实我一直在为自己的前途还有哥哥的事心烦意乱，想着好歹先把中学毕业后的方向定下来，并对自己发誓：一切和生存无关的事都不关心、不参与。从我做出这个决定到转校生来的那天，正好是三个月。我所烦心的只有钱、钱、钱。因此对于那个转校生，我的感想便是：咳！人家爸爸是明星嘛，家里有钱可真让人羡慕。仅此而已。

而那转校生——海野藻屑，无所适从地站在讲台前，大幅度地抖着腿，低着头。这时班主任说："你先给大家做个自我介绍吧。"

她明明是一头短发，但刘海却异常地长，甚至遮住了整张脸。她的右手指不停打着圈儿搓捻着黑色的头发，另一只手好像紧紧攥着某样东西——

哗啦。

是水声。我不禁讶异，抬头循声望去。

是矿泉水，而且是两升装的大瓶矿泉水。看上去就很沉的水瓶已经空了三分之一，抖腿抖得无法自制的海野藻屑突然抱起瓶子，拧开瓶盖，猛一仰脖，露出惨白的脖颈——咕嘟、咕嘟、咕嘟、咕嘟，咕嘟咕嘟咕嘟咕嘟咕嘟——一通狂饮。

转眼间，瓶里的水就只剩一半了。此时我才弄清楚她不是故意抖腿，而是在哆嗦。坐在旁边的花名岛嘀咕道：“真是个怪胎。”

海野藻屑喝完水放下了瓶子，出现在大家眼前的是一张苍白的、秀美的脸。

她的肤色有些怪，像是在白色水彩颜料里滴了几滴蓝色，调匀后在脸上涂了一层似的，但她的的确确是个美少女。她没有血色的薄唇之间，滴滴答答、滴滴答答……淌着水。那嘴唇缓缓地，如噩梦降临般嚅动起来：

“海、海、海……海海海……”

所有人，包括班主任在内的教室里的每个人都屏息凝视着她。

“海海海，海海，海海海海海海！”

滴答……又有水滴下来了。像是口水。

“我叫海海海野藻屑。”

藻屑费尽力气挤出了这句话，大家都不约而同地松了口气。

"那个——我有个问题！"

我后排的女生举起了手，是爱管闲事的映子。她一定是想帮这个怪异的转校生解围。映子心地善良、好奇心旺盛，是个顺风顺水不知人间疾苦的家伙。

"海野同学，你爸爸就是海野雅爱吗？"

听到这个问题的海野，不知为何仿佛受了莫大的刺激，看起来像是听到了什么刻薄话似的，倒吸了一口气说：

"是……"

"啊，是吗！？"

"真的假的？"

教室里马上一片喧哗。藻屑皱起眉头，不知是矿泉水还是口水的透明液体又从她嘴边滴滴答答、滴滴答答垂落下来。

"不、不是。"海野藻屑一边说，一边直勾勾地瞪着映子。

我感觉得到映子心里的闷火，她在后面嘟囔着："哼，为什么要说谎嘛。"随即又举起手来嚷道："我还有问题要问！"

这时，嘴里又有不明液体流出的海野藻屑说：

“我……”[1]

“我？”

不仅映子，同学们都小声嘀咕起来，并打量起转校生的体态。校服的胸前微微隆起，线条轻柔又可爱，比规定长度稍微短一点儿的裙子下露出苍白纤细的腿。没错，是个女生。

“我其实……”

藻屑用坚定的口吻说：

“我其实，是人鱼。”

教室里的空气凝固了。大家都探出身子，一副“搞什么啊？！”的样子，可我还是决定把自己伪装成充耳不闻、毫无兴趣的模样。我摆弄着自动笔，心想：这家伙怎么回事？而海野藻屑似乎误解了大家沉默的原因，反而开心地笑了起来。那是一种“你们能懂我，真好”的会心笑容，然后她接着说道：

1　原文此处的“我”用的是日语的男性第一人称。

“嗯，那个……其实人鱼是没有性别的。虽然看上去像是你们人类所说的雌性，但并没有跟人一样的生殖器官，我们会产出许许多多鱼卵，所以我没有所谓的父亲。日本海里所有的人鱼都是我的伙伴。我来到这儿，是因为想了解人类的世界。关于你们人类，我曾经听海浪带来的消息说，人类很愚蠢，容易自以为是，寿命也很短，实在是很低级的生物。各位老师同学，你们觉得是吗？”

对着怔怔地望着她的我们，藻屑继续大放厥词道：

“人类究竟有多愚蠢，人的生命有多一文不值，是不是大家一块儿死掉就好？希望大家能告诉我答案。那么，就请多关照啦。佩克哩——[1]”伴随着奇奇怪怪的拟态词，藻屑向大家鞠了一躬。

旁边的花名岛发出了咂舌声。

全班似乎都受到了精神冲击，但我内心却在想：什么玩意儿啊。

我想起来前段时间哥哥说过的话：“那些跟生存

1 此处原文“ぺこり”，是表示轻快地点头致意的拟态词，但用于口语表达是十分反常的。

并不直接关联的事——比如什么人生的意义、爱的真相、世界的构成——为这些而烦恼是中世纪贵族阶层才有的特权。”所以我觉得眼前的这个转校生既然还能对“大家如何如何，人类怎样怎样”这种话题大发议论，可见还是活得比较安逸。在我看来，她是对周围的事物感兴趣，并渴望被关注，现在的表现不过是孩子气的撒娇，故意刺激大家罢了。

班主任一脸茫然地听完藻屑的发言后，缓了缓神，对大家说：

“海野同学嘛，属于个性派吧！那什么……大家友好相处啊！海野同学，你的座位，呃……最后面的位子空着的吧？你就坐那儿吧。第一节课要开始了，老师先去上课了。”

如此搪塞几句之后，班主任仓皇逃离了教室。海野藻屑缓缓地走在座位之间的过道上，手中瓶里的矿泉水发出哗哗的声响。不知何故，她一直“哧啦——哧啦——”拖着脚走，很怪，但她就这样慢慢地从我的座位前经过。

苍白的皮肤，大大的眼眸，长长的睫毛，我忽然想起和海野雅爱结婚的正是当年非常有人气的女演员，她就有一双大眼睛和曼妙的身材。海野藻屑的身段容貌就像那个美艳动人的女明星经历了严重的折磨后变得瘦骨嶙峋的样子。咳！这又关我什么事呢。

“哗啦——”塑料瓶里的矿泉水又在起伏作响了。

花名岛出其不意地伸出了他的长腿。

海野藻屑一个踉跄，被绊了一跤。

花名岛装作若无其事。映子嘴上骂他“讨厌鬼”，同时却在嗤嗤地笑。

我扭头去看，真的，就在一瞬间，我清楚地看到了海野摔倒时掀起的制服裙下的样子。别人应该没看见。真的就只有一瞬间，只有从我这个角度才能看到。恰好从窗外照进来的朝阳，将她昏暗的裙底世界一览无余地呈现在我眼前。

惨白的腿。

淡淡的天蓝色内裤。

活物般痛苦地扭动挣扎着的、刺眼的——淤青。

——数不清的伤痕触目惊心。拳头状的瘀斑有紫色的，有腐物般泛绿的，还有红中带黑的，在皮肤上层层叠叠。

在那踉跄的一瞬间后，藻屑“扑通”一声重重地摔倒在教室地上。可能是因为太痛了，她安静地趴在地上迟迟没有动弹。连刚才还在笑的映子，也因她太久没起身而担心起来，开始关心道：“喂喂，你不要紧吧？”咕嘟，咕嘟，咕嘟……水从掉落在地的瓶子里流出，漫成一摊。过了好一阵才缓缓站起来的海野藻屑，转过身，直勾勾地盯着我。

那眼神仿佛是在质问：你都看到了吧？

在遮住瘦削小脸的刘海后面，那双乌黑的大眼睛定定地与我对视。

随后她张开幽魂般不见血色的嘴唇，低声吐出两个字：

“去死。”

我厌恶地皱起了眉头，身体因愤怒而颤抖，连忙移开了视线。

为什么？为什么要对置身事外的我吐出如此狠毒的话？

不过我决定不再理会这件事了，就当自己什么都没有看到，佯装一无所知。嗯，就这么决定了。永远不去碰那些不能成为“子弹”的东西，对无益于自己的事物一概视而不见，就这样活下去，直到生命终结。

那些——

都已是九月的事了。

而现在，是十月四日的清晨——

我，一步一步走在山路上。

默默地，安静地走着。

有种预感在胸口漾开。

蜷山的山麓即将进入枫叶秋红的季节，仅仅为了一睹那略微变红的枫叶，不久便会有观光的人潮涌入山间。而冬季积雪皑皑，这里也会因滑雪者的到来而热闹。可像现在这种半吊子季节，不会有游人造访这座山。

这么一个大清早，这儿没有其他任何人。

我静默地走在无人的山路上。

直觉隐约告诉我，那个我非找到不可的东西，仿佛就在那儿。

那当然不是“子弹”，可即便如此我依然迈开脚步不停地走着。

那是，嗯……

用我哥的话来说，那是贵族的小点心，是无法充饥的糖果而已。

我叫山田渚。

十三岁，初二。

不胖不瘦不高不矮，长发，若要举出点儿个人特征还挺难的。

按照座位在我后排的映子的话说，我是一个“冷淡无趣的家伙”。若问我隔壁桌的花名岛，他会说：“你这家伙居然能担任动物饲养员？你喜欢小动物？你有爱心去关照其他生命？我看你那张脸就不像。”要是依我哥的说法，则是："小渚最近都忙着收集‘子弹’呢，我妹妹可是个‘实弹主义’者哟。”

我们这个城镇，非常小，非常土气，非常萧条。我来给各位简单介绍一下。

镇中心有个小市场，主打卖鱼，空气中一股腥臭味。清晨早市时人潮汹涌，而等到我们上学的时间段就没了人气，四下里空荡荡、静悄悄的，只剩下胶皮管还在不断地淌着水，把人行通道搞得一片稀湿。鱼市场附近有个小小的轻轨站，山里的孩子要乘坐它上学，所以每天早上都挤得满满的。车厢外侧不知为何画着动漫风的沙丁鱼，可能是为了鼓励大家购买品尝渔港捕获的新鲜沙丁鱼而做的宣传。每当那涂着红色、黄色、绿色的可爱沙丁鱼电车驶来，伴随着停车的声响，学生们便从车厢中蜂拥而出。

镇上的大礼堂在一个十分偏远的地方，须从车站搭乘公交巴士一直坐到山里。有时会有全国巡演的歌手或偶像艺人来这里，说是全国巡演，其实经常直接跳过我们这种小地方。那里倒是一年一度地举行市中学管乐吹奏队的圣诞演奏会，我曾被喊去看过，礼堂墙上布满了龟裂的痕迹，若一直盯着看会目击墙皮剥脱、掉落下来的瞬间，破败程度着实令人咋舌。

夜晚。向来灰暗阴郁的日本海，只有在夏季的夜晚呈现缤纷美丽的景象。被浓郁紫色晕染的海平线和湿漉漉的海岸之间泛着青白色的浪花，捕捉乌贼的渔船像鬼火一样随波摇曳，幽幽地闪烁着光芒。散发橙色光晕的落日余晖确实格外美丽，让人恍若置身于另一天地，眼前浮现的是远离现实的别样世界。

而山那边有座核电站，我出生的时候就有了。怎么说呢，凡是大城市的人认为“最好建在偏远乡下”的东西，这个小镇都有，比如：核电站、监狱、少管所、精神病院，还有自卫队的驻地，所以我们尽量不去山里晃悠。本地初高中生的约会路线要么是去镇上的商店街，或逛逛百货店，要么去海边。

啊，说起镇上，若在商店街闲逛，擦肩而过的几乎没有穿着新潮，打扮时髦的人，基本都是身穿军装的自卫队军人。镇上唯一一家破败的电影院总是同时放映两部电影：好莱坞明星主演的爱情电影和《钓鱼迷日记》[1]的最新作品。让人同一时间段看两部电影？这都什么乱七八糟的。票价表上写着：

成人	1 800
学生	1 200
儿童	800
自卫队	1 400

原来自卫队队员看电影可以打折啊！每次看到这价目表我都会暗自感叹。要是能成为一名军人，加入国际纵队，估计看电影也能打折吧。

我家住在一处破败的、由政府出资修建的保障型小区的一楼，地段位于市场和车站附近的城区中央。昏暗的一室一厅，唯一的卧室被我哥哥——确切地说是被哥哥本人和他堆积如山的书籍、电玩和莫名其妙的玩偶占领着。我和妈妈则在较宽敞的厨

1 《钓鱼迷日记》(『釣りバカ日誌』)：是日本喜剧系列电影，从1988年至2009年共出品22部。

房里支了张小桌子，晚上两人打地铺睡觉，过着这样的日子。

若要问我现在最渴望的东西是什么，我必定毫不犹豫地回答："自己的房间！"我真的太想要一个能独处的空间了。

为此，我迫切需要可以为己所用的"子弹"。

十三岁的夏天，除"子弹"以外我不考虑任何事情。

转校生海野藻屑从入学第一天早上起，就以强大的冲击波击倒了班上的同学。映子小团体的成员轻手轻脚地靠近，围坐在藻屑的桌子四周，像看珍奇生物似的观察着她。

隔壁的花名岛时不时回头看看藻屑，自顾自地咂舌，挺在意她的存在。其他的男同学也显得心神不宁，坐立不安。一开始我很不屑，心想"真是群无聊的家伙"，然后才意识到：男生们之所以有那些表现，都是因为怪胎藻屑的那张脸可爱得如同电视里的偶像明星。

那家伙一看就是从大城市来的，完全没有我们那股土气。白皙的、近乎透明的肌肤，纤瘦的身材，还有就是——

“全都是大牌。”快上课时才慌忙回到座位的映子，戳了戳我轻声说道。

“大牌？”

“嗯，文具啦，还有书包、手帕什么的全都是些高端的大牌货。她那条毛巾就差不多要五千日元。”

“那条毛巾？”

“就是呀！”

不过，聚集在海野藻屑周围的女孩人数，随着上午每节课十分钟的课间休息的次数增加而递减，到午休时只剩下一两个人，放学时就一个都没有了。当事人海野藻屑倒是一副毫不在意的样子，只顾着单手拿矿泉水瓶“咕嘟咕嘟”一个劲儿往嘴巴里灌水。

“……真是个不可理喻的家伙。”映子埋怨着。

全班女生里面，始终对藻屑的存在淡然处之的只有我。映子也因此找上我做她的倾听者，转来绕去地蹭到我的桌前聊起天来。

“那家伙不仅是个怪人，还挺好战的嘛。哪有对第一次见面的人那样说话的？”

“她跟你说什么了？”

“嗯，反正就各种各样呗。”

我轻轻“哦”了一声站起来，心想：与我何干？

从初一时起便担任班级动物饲养员的我——山田渚，一放学就直接去校园一角的兔舍，钻进铁丝笼里打扫卫生、换水、补充胡萝卜和卷心菜。对这些没有我的照料就会死掉的笼中生物，我以绝对不会浪费在人类身上的谨慎细心，以及某种类似“爱”的情感在坚持照顾着。话是这么说，但我从不抚摸它们的头，也不会跟它们说话。它们怎么可能理解这些行为？不过就是动物而已。

我从兔舍出来走向校门时，什么东西猛地击中了我的后脑勺，之后坠落到地面并弹到了一边。我摸着脑袋转身一看，掉在地上的是矿泉水瓶，而拿它砸我的正是那个转校生，她仍摆着夸张的棒球投球姿势。

“……你干吗？很疼知道不？”

“你！为什么那样？”

“啊？！”

海野藻屑慢慢朝我靠近，左腿一瘸一跛在地面拖行，像是有什么部位特别痛的样子。

对了，像美人鱼……

故事里确实说，美人鱼每走一步双脚都如同刀割一般疼痛。

“疼啊，真疼死了……”

站在我身旁的藻屑，一边因疼痛将一张漂亮的脸庞皱得五官错位，变成了一个陌生的丑八怪，一边揉着那条腿。我忽然想起早上她跌倒时我看到的那些殴打伤痕。

“腿很痛吗？”

“废话，不都说了很疼了嘛！”

“算了，当我没问。”

没法聊天……真够要命的。

藻屑一边拖着腿脚，一边像患了怪病一样颤颤巍巍晃动着上半身走到我的身旁。没法子，我只好陪着她一起走。平时总是急急忙忙一个人回家的我，突然走得前所未有地慢，莫名觉得焦躁不安。

“你！为什么那样？”藻屑又问我一遍。

“‘为什么那样’是哪样？”

“你为什么要那样？”

“你到底在说什么呀！”

“为什么对我不感兴趣？”

我停下了脚步。

掺了稻草的牛粪发酵成的有机肥让空气中充斥着酸臭味，我们站在没铺沥青的田间小路上，凝视着对方。

“……难道你希望我对你感兴趣？”

“也不是。”

“你确实是个超怪的转校生，但是呢……”

我用鼻子“哼”地冷笑了一声，心想：真无聊。

“但是呢，你并不是有用的‘子弹’。”

“子弹？”

“我所需要的只有‘子弹’。三个月前我就已经决定了，除了它什么都不考虑。”

藻屑的身后远处，立着一座小山。那是蜷山，山脚下有间小神社，还铺设有一小段登山专用步道，属于地方小山。在视线范围外的山那边，驻扎着自卫队的军事基地，顺风的时候，时常能听到奇妙的“咚——轰——”声。

在这不景气的时代，本地的年轻人，特别是家庭情况复杂的，都会早早加入自卫队。既有收入，又没有什么生活开销，即便学历低也能被录用，与别的工作不同的是，自卫队会把你当作“一个人”来对待，你可以迅速步入“大人”的世界，成为一个独立的人。

这就是“子弹”——可以让人有底气投入生活的，货真价实的力量。

这个夏天我脑袋里只思考这一件事。但话说回来，把自己对“子弹”的思考说给一个包里装着五千日元一条的毛巾，不知人间疾苦的转校生听，八成只会得到诸如“何不食肉糜”的建议。想到这儿，我便闭上了嘴巴，继续往前走。

身旁的藻屑，不知好歹地跟了过来。

她拖着看上去挺疼的脚，“哧啦——哧啦——”，发出令人烦闷的噪声。

“你那腿什么情况？鞋子硌脚？”

“被巫婆施了魔法。”

“哈？！”

“我从海里上岸变成人鱼的时候，被巫婆施了魔法，让我有了一双一行走就疼痛的不健全的腿。如果我不能实现自己的愿望，就会变为‘海里的藻屑’，化作泡沫彻底消失。”

“脑子有病！”

我骂了一句，同时加快了脚步，较劲的藻屑愣是拖着那条跛腿紧跟上我。

“所以我必须完成心愿！那个，你叫什么名字？”

“山田渚。什么心愿？”

“保密。”

“早上你不是说人类都很愚蠢吗？”

“那个啊，那是我胡诌的。”藻屑笑着说，“我以为那样说会引人注目，结果完全不受欢迎嘛。”

“那还用说？”

"还是告诉你我的秘密吧。"藻屑睁大漆黑的眼眸望着我，说，"其实呢，我是为了寻找真正的朋友才来的，特别重要的朋友，为了我能拼尽全力的超级好朋友。如果找不到这样的人，我会变成海里的碎屑。"

"哦……蛮好蛮好……祝你早日找到。"

"山田渚，那个人如果是你该多好啊。"

"为什么？"

"这个班上你最可爱呀，主要是因为其他人都是丑八怪……不过嘛，我来了以后，明天起你就是全班第二可爱啦。"

藻屑一脸认真地说："做我的朋友吧。"

"……你早上不是还叫我去死吗？我怎么会和对自己说这种话的人成为朋友？我不要！"

"那是喜欢的意思。"

"有病吧你！"

她的回答让我惊诧，我忍不住骂了一句。可藻屑仍旧嬉皮笑脸，我板起面孔，想跟她讲讲道理：

"那可不是什么喜欢，那是憎恨！"

这个似乎无法区分爱恨的奇葩转校生海野藻屑，听了我的话后震惊地睁大了双眼，随即又仿佛受到伤害一般低下了头。

她就这么缄默不语，我倒有点儿害怕了。她拧开拎在手上的那只矿泉水瓶，又咕嘟咕嘟喝起水来。真让人心里发毛。

藻屑的前方是一大片茂密的稻田，再前面便能看到日本海的海岸线。因为视野中既没有高楼大厦也没有高速公路，即使如此遥远的距离，只要放眼一望，就能望见那片大海。今天的海浪有点儿高，黯淡的海水掺杂着星星点点的青白色泡沫，不安分地涌动着。

鲜艳的稻田绿和暗沉的海浪蓝。日暮时分，西下的夕阳试图将田园与大海缓缓染出别样的色彩。

“……哎，那个，必须快点儿走才行。”

喝完水的藻屑把空瓶子直接扔进稻田里。她盯着大吃一惊的我说：

“暴风雨来之前，必须得找到！”

“暴风雨？”

闷热的傍晚，耳边传来阵阵虫鸣。没有铺沥青的泥土路上方升起的热浪扭曲了对面景物的影子。从山上飘来一股烘烤稻草的气味，那是一种带着泥土味的温热气息。整个空气中弥漫着泥土、叶片、湿气共同酝酿出的混合气味。

我擦了擦额头上渗出的汗水。

藻屑接着说道：

“也许人类还没意识到……”

“哈？”

“在这个港口小镇，每十年会有一次连气象预报都预测不了的超级暴风雨。”

我的心脏，毫无防备地，像被一只巨手攥住了一般疼痛。我屏住呼吸，死死盯着海野藻屑的侧脸。她正凝神望着田野中摇曳的绿叶。

“巨大的暴风雨来临之前，一定要找到啊。”

“……”

“人鱼是没性别的，不过呢，算是接近女性的生物吧。大家都在这片海里出生，然后散布在世界各地的海洋里，到了十年一度的繁殖期便会冒着生命危险返回这里。到那时，超出预报范围的暴风雨就会袭来。这就是人鱼的繁殖期。超大暴风雨十年前就来过，估计你不记得了吧。”

“记得……”

藻屑似乎没听见我轻声的回答，接着说：

“今年超级暴风雨也会来，日期是十月三日。还有一个月，如果到时候我还没找到要找的人的话，就要回到海里去。因为我是独一无二的人鱼公主，不得不回去。”

“那次大风暴我记得，不会忘的。”我低声说着。

说完这句，我和藻屑都陷入了沉默，谁都没有再开口。就这样走到田间小路的尽头，我们在岔路口分开，一左一右，各自踏上回家的路。我朝着我家那片保障房小区所在的市区走去；藻屑则走向豪宅林立的别墅区。

我一边想着以后再也不理睬这个转校生，一边加快了回家的步伐。

进了家门，就听到昏暗的一室一厅的里间传来哥哥友彦的声音。他好像正在朗读着什么，那声音就像念经一样，毫无抑扬顿挫。

妈妈不在家。她在超市收银，每天下班都很晚。家里靠妈妈一人的收入和极少的低保费度日。不，“度日”都算不上，我们什么都买不起。镇上没有能雇用中学生的地方，所以我现在还不能打工赚钱。

我小心翼翼打开最里间的拉门，哥哥慢悠悠地抬起头来。

优雅地扎着茶褐色长发，拥有偏女性化的、西洋化的美貌，哥哥是个不折不扣的美男子。他又高又瘦，一双眼睛梦幻清澈，脑袋极聪明，人也极废物。

哥哥打开一本叫什么《魔法事典》的莫名其妙的书，煞有介事地吟诵着。

“这是什么呀？”

“魔法。”

“原来如此。”

我站在厨房，开始准备三个人的晚饭。今晚吃炖菜、味噌汤和沙拉。我淘着米，哥哥就一直坐在那儿悠然地吟诵着什么，当然，他连站都不会站起来一下。能让哥哥起身的事只有三件：上厕所、一周一次的沐浴、到门口签收网购的古怪商品快递。

哥哥友彦容颜俊美，谈吐优雅，头脑绝顶聪明，成绩优异。父亲过世后哥哥成了妈妈的精神支柱，是她引以为豪的好儿子。直到他初中二年级期中为止，母亲都一直以为哥哥是能让我们家摆脱这种窘困生活的魔法杖。可现在的哥哥，用邻居大妈的话说："友彦君果然是现在流行的那个，嗯，那个，那啥来着，家、家……家……""不就是'家里蹲''茧居族'嘛！"我心里知道，但没有接着她的话说下去。是的，现如今的哥哥就是人们口中的"家里蹲"。但我从不这样叫他，哪怕在心里也不。

我觉得哥哥是当代的贵族。

不工作，脱离了世俗生活，只是一味地阅读自己感兴趣的，思考，聊自己想聊的，按照自己的意愿活着。哥哥既没念初中，也没考高中，过了三年足不出户的生活。现在他比以前更美了，拥有如梦似幻的容颜。我和妈妈都感觉他变了一个人似的——仿佛我们瞒着政府秘密地饲养着某种美丽的生物。

这个不食人间烟火的哥哥，对于活在现实中的我来说，真是太费钱了！

他不断在网上买奇怪的东西，低保费、妈妈打工的工资、爸爸的抚恤金，全部消失如梦幻泡影。

不知道哥哥究竟了不了解家里的情况，他什么也不说，只是随心所欲地在网上订购各种产品，然后一直窝在房间里。

我做好了晚饭，先将留给妈妈的那份单独盛出来，再把哥哥的晚餐漂亮地摆放在托盘上。价格不菲的盘子配上漆筷，为了追求视觉上的美感，我又将炖菜和沙拉按色彩配置认真地摆盘，最后放好米饭和味噌汤，端到哥哥的房间里。戴着耳机的他正一脸陶醉地闭着眼听音乐。我看着他白净的脸出了一会儿神，轻手轻脚地将托盘放在了桌上。在厨房里的矮茶几上，我随意地摆上自己的晚饭，打开电视，大口大口地吃起来。

“小渚……”

听到如铃铛般透明清澈的声音，我抬起头，哥哥边灵活地使用漆筷优雅地品尝着食物——简直无法相信他吃的是和我一样的炖菜——边冲着我微笑。

“小渚。”

“干吗？”我探了探身子。

“你中学毕业以后……”他微笑的幅度又大了一些，“你毕业了以后，是要去当兵吗？”

“嗯，是的。”我点了点头，突然有点儿想哭。

于是再一次点点头，对他说：

“学校升学面谈的时候我也会跟老师说的，不上高中了，去自卫队当兵。”

“自卫队那儿有女生吗？”

“最近有的。我咨询过，说现在有五个女兵，都是本地的孩子，待遇和男生没区别，中学毕业也没关系，而且立刻就能给开工资呢。”

“……工资？”

友彦像听到了什么低俗的词语一样稍稍皱起了眉头，然后又“嗯……”了一声点点头，问：

“这就是小渚一直想要的？”

“嗯，是的。”

“子弹？”

“对……”我一口咽下嘴里的炖菜，说，“这辈子，我都会照顾哥哥的。”

“哎哟。”

友彦又优雅地笑了起来。

我哥哥突然不去上学的原因，我和妈妈、包括他的朋友都不清楚。但有一件事令我们挂心：那段时期十分受女生欢迎的友彦，似乎和一个不请自来、近乎是强行闯入房间的女同学发生了点儿什么。那是个非常主动的女生，嘴巴也不太牢靠，好像对友彦相当着迷。反正就发生了些什么。自那以后，女孩再也没来过，而友彦也从此再不肯踏出家门半步。

在路上遇到那个女生，她一看到当时正上小学五六年级的我就嗤嗤地笑起来，还会故作讶异地“哎呀”几声，跟同行的女生们阴阳怪气地说：“这就是山田的妹妹哟！”然后一群人尖声怪笑着走开。

世间诸事大多如此：先发生点儿什么，加上一些琐碎的机缘巧合，情况就会变得让人无所适从、无能为力。于是，人就这样变了。

精神的内部，若某种平衡坍塌，人会往不好的方向转变，最终蜕化成负面意义上“真实的自己”。

友彦身上究竟发生了什么？能不能随时间流逝而治愈？该如何是好？我全无头绪。而友彦的头脑再怎么聪明，他也一定对自身的状况没有清醒的认识。

一起吃饭的时候，友彦会问我当天学校里发生的事情。这三年来一直如此。连接友彦和外面世界的细如游丝、随时会断裂的唯一纽带，便是我每天的校园生活汇报。友彦饶有兴趣地模拟体验着我开心的学校生活，并很珍惜地在脑子里反复咀嚼，回味。不过，我今天聊的话题，从头到尾都关于那个叫海野藻屑的怪异转校生。

“海野雅爱？”友彦歪着头，“哦，是他吧，一个歌手……”

“是呢。”我点了点头。

海野雅爱是这座破落无趣的日本海岸线上的港口小镇最有名的人物。因为当年还是高中生的他在本地组了一支乐队，去东京出道后迅速走红。风头过后身为主唱的他转型为演员，继续出现在电视上，最近在一些低成本制作的V电影[1]里演些黑道角色。他还发表过一些什么关于宇宙安宁和平的有趣言论，被称作“海野世界观”，也曾颇受追捧。然而就在几年前，他因为“药物成瘾”被捕后，就从大众的视野里消失了。

那个暂时被大家忘却，但曾经名声大噪的人，就是海野雅爱。

“唔……”

友彦也点了点头。他面带优雅的笑容，对着因藻屑而怒火中烧的我说道：

“那女孩，挺可爱的。”

“哈？哪里可爱了？”

“她呢，其实归根结底就是那种……‘糖果子弹’。”

“什么？”

1　V电影：原文“Vシネマ”（video cinema），指的是不公映、直接以DVD等形式发行的电影。

“小渚想要的是真正的子弹，是能与这现实社会抗衡的、直接的力量，有实际意义的力量。而那个女孩接连不断发射出来的，是空想的子弹。”

捋了捋飘逸的长发，友彦开心地笑着说：

“很久很久以前，有个男子用岩盐制作成子弹杀了人。他把坚硬无比的岩盐固结成一颗弹丸，在暖炉旁将对方射杀。尸体在暖和的环境下保持着温度，留在尸体里的岩盐子弹便逐渐融化，消失得无影无踪。”

“哦……”我探出身子问，“那么，凶手抓到了吗？如果没被逮捕，你也不会知道有这回事吧。真铐起来了？什么时候的事？怎么样抓到的？”

友彦耸耸肩：“名侦探出马，完美破解谜团。”

“咳，什么嘛。”

我失望地看了看友彦的房间，老派推理小说堆积如山，可以作为弹药使用的概率为零。

“原来是个故事。”

“不必如此失望，小渚，你要懂得在谎言里找乐子才好啊。”

“嗯。但海野藻屑的谎话总是让人窝火。”

“那孩子疯狂扫射的都是糖果子弹，击入体内就融化消失了。在你看来是特别无聊无用的子弹吧。小渚……”友彦举止优雅地放下筷子，“晚饭很好吃。谢谢你。”

“不客气。”我听着友彦优哉游哉的声音暗自叹了口气，站起身来小声嘀咕道，“糖果子弹……就是球形硬糖那样的吧……”

“就是那种。”

友彦抬起头看到撇着嘴的我不禁呵呵笑了起来，紧接着忽然换上了严肃认真的表情，戴起耳机聚精会神看起了DVD，突然之间就置身事外。因为早就习惯了他这样，我愣愣地收拾起碗盘，回到了厨房里。

我，现在，匆匆地走着。

十月四日的早晨。

偏离了蜷山的登山步道，走到一条似乎有野兽出没的小径上，不停向上攀登。

小径上生满了青苔，到处滚落着坚硬的石块，到处是蜘蛛网，路况非常糟糕。我的脚很痛。好几次差点儿因湿滑的青苔摔倒，但我坚持一路向前走去。

我有种强烈的预感，心中无比不安。

清晨的薄雾遮挡住我的视线。走着走着，便感觉被阵阵冷风推搡着，身体被吹透。

我依然径直向前走……

心里涌出一些回忆。

简直无法置信，从那天到现在才过了短短一个月的时间。

这是一段不可弥补、无法挽回的时光。

自那以后的一个月里，

那女孩始终不断地发射着“糖果子弹”。

转校后的第二天、第三天，海野藻屑的种种奇特行为越来越引人侧目。有时看到她抬头望着学校前院里那座来历不明的裸女雕像，不知在干什么，靠近一瞧才发现她正和雕像聊天，不是单方面的倾吐、诉说，而是在那里自导自演，自问自答。有时看到她哼着奇怪的歌在走廊踱步；有时火灾警报器突然响起，而她满脸写着“哎呀闯祸了”的表情，慌忙逃离现场。

贵族的忧郁和娱乐消遣，恕我无法理解。和藻屑搭腔的女生日渐减少，最终一个都没有了。相反，在女生们的八卦网里，有关海野家的消息四起。

脱离了女生的交际圈后，藻屑身边开始出现一些略带拘谨的男生。有男同学趁给她发学习资料的机会跟她搭讪，也有男同学在她值日时热心帮忙。好几次我都看到他们装作不经意地接近她，而藻屑要么不回应，要么回答得驴唇不对马嘴。就好像有人明明嘴上答应得挺靠谱，却随意打开毫不相干的怪门，故意吓人一大跳……总而言之是个行事乖张的家伙。

课间休息时间，隔壁座的花名岛莫名客气地和我搭话。

“那个，山田同学……”

“什么事？要看作业本？”

“嗯。”花名岛顺势接过本子，一边抄写着重要的部分一边说，“……我刚想说的不是作业本啦，啊不，作业本当然也要。我是想说那个谁……你俩关系挺好的吧？”

我以为他指的是映子呢，随即回答道：“嗯嗯，还行吧，怎么了啊？”迟迟听不到回答的我抬起了头，看到花名岛似乎正在默默烦闷。

“喂，到底怎么了？”

“你跟海野跟我，啊不，你叫上她，呃……我是说，咱们三个人，一起去看看电影什么的，好不？”

“啊？我、海野和花名岛，还有映子？”

“映子？”

我和花名岛对视了好一会儿，才反应过来是我会错意了。

“啊，原来你说的不是映子是海野呀？呃……关系嘛，并不好啊，我和她都不说话的。”

“就前些天，她转校过来的第一天放学，你们难道没有一起回家？”

“那个呀，那天我还被她从背后砸了矿泉水瓶的。”

我叹了口气。

看着花名岛一脸怄气的样子，我也跟着恼了起来。

“我和她关系一点儿也不好。这种事你还是去拜托像映子那样的社交达人吧！”

“社交达人？”花名岛哈哈笑起来，“山田，你难得这么幽默嘛。”

“笑什么啊？”

“哈哈哈。”

花名岛笑完后又陷入了沉默，再没和我提藻屑的事。上课后，一边做笔记的我终于后知后觉到：刚才的花名岛可是鼓足勇气、故作不经意地提起那个话题的。我心头一紧，突然挺同情他，偷偷看一眼花名岛的侧脸……呵呵，他竟然一转头就打起了瞌睡。真没劲！

然后我又悄悄转过头看了看坐在最后面的海野藻屑。她将自动铅笔架在上唇，噘着嘴巴，专注地练习着“即使松手，笔也不掉落”的谜之技能。那表情简直怪异出天际。一和我对视，她就保持着那脸怪相，灵活地朝我挤挤眼。唉，真搞不懂这个奇怪的家伙，我默默叹了口气。

藻屑转校第三天的放学后。

我出了教室，径直穿过校园走向兔舍。我听到身后有轻轻的脚步声，有谁在尾随——那是一只脚稍微拖在地面行走的独特脚步声，我立刻觉察出来者何人，迅速将身体闪到右边。

一个矿泉水瓶从我身体左侧“咻”地飞过，落在操场的地上砸起一股灰尘。

回过头一看，海野藻屑还保持着棒球投球的姿势，一脸失望地站在那里。

“……你干吗？”

“那个寸头男说要我们三人去看电影。”

“咦——！”

我惊讶地睁大眼并眨巴着。寸头男生一般来说是棒球队的，班上没几个棒球队员，她说的应该就是花名岛吧。我又“咦……”了一声，不禁对敢于自己去邀藻屑的花名岛产生了一丝敬佩之情。

“你们俩去就好了。花名岛想和你约会呢。”

不知是赌气还是自暴自弃，我故意用调侃的语气挖苦她。藻屑拖着腿脚追上我说：

“可他说的是三个人一起去呢。”

“他是怕说两个人去你不答应呗。”

“啊，是吗？他是看出咱俩关系好吧。”

我皱起眉头。藻屑却点着头，好像觉得自己说的话很有道理。

横穿校园的我们，听到来自周围各种各样的喧杂之音：有棒球队“咣当——”的击球声和“加油干！”的喊话声；还有足球队在操场上来回奔跑的杂音、远处体育馆里篮球队的传球声、教学楼那一端传来管乐队的演奏声。所有声响混合在一起。我感觉到某人的视线，抬起头，看到有个棒球队员正看向这边儿，并双手合十对我做出“拜托”的请求手势。是花名岛吗？穿着运动服、戴着帽子的样子我可认不出来。

没辙，我只好对藻屑说：

“行吧，一起去也可以。”

“太好了！”

“那看什么电影呢？”

“不知道啊。那个寸头说会买好三张电影票。”

“哎哟……”

我心想，这天要变成花名岛大“放血”的日子了。我继续往前走，并对跟随在身边的藻屑说：

“你不是美人鱼吗？”

“嗯！”藻屑像在表达“那当然啦”一样狠狠地点了点头。

“你看过电影吗？”

“没看过。”藻屑简洁地回答。

接着，她突然加快语速打开了话匣子：

“因为我一直在海里的嘛。大海哟，那可是世界各地的海洋。我在中国的海里待过一段时间呢。挺开心的，虽然我不懂汉语。非洲的海我也去过，特别热。不过超级暴风雨来临之前我就回来了。所有的人鱼，在十年一度暴风雨的时节都要回来呢，因为必须产下一两颗圆滚滚的鱼卵。我是那批人鱼中唯一的一条公主鱼。在人鱼族群一次产的卵中只有一颗红色的，从那里孵出来的就是公主鱼。然后，公主要负责孵化所有的鱼卵，真是太辛苦了！我如果不好好照料，它们会全部死掉的。所以呢，说实在的，现在这个时期我可真不该来人间。哈哈。”

“……又开始了。”

“哪里，还不是因为你愿意听嘛。”

“我可没在听。好了，干活喽！”

我在藻屑的重重干扰下总算走到了兔舍前。我钻到铁丝网里开始清扫兔窝，站在外面的藻屑紧贴着铁丝网，带着一脸不可思议的表情看着我。只听窸窸窣窣的声响，窝里钻出几只毛茸茸的雪白小兔子，

“呀——！！”一声奇特的惨叫。

我抬起头，看到连嘴唇都变成铁青色的藻屑浑身颤抖。咕嘟咕嘟……她开始狂饮矿泉水。然后呼哧呼哧地喘着粗气，问我：

“那、那是什么？！”

“什么是什么？不就是兔子嘛！”

“你对兔子做什么呢？”

“我负责饲养兔子，当然要打扫、喂食啊。”

“……”

藻屑突然安静下来没了声响。我一边干活一边抬头看看她究竟怎么了。只见藻屑像个小孩一样紧紧靠着铁丝网，睁大眼睛瞪着兔子。

“你怎么回事？”

“知道吗，人鱼的天敌是什么？”

“……我怎么会知道！”

“是兔子。”

“为什么呀？”

藻屑又拼命喝起矿泉水。

“不是有个叫《因幡之白兔》[1]的故事吗？”

“知道，是咱们这里的一个神话传说吧。兔子欺骗利用鳄鲛[2]助它过海，后来谎言被拆穿，兔子被鳄鲛活剥了皮的那个故事吧？然后有个路过的大国主

---

1 《因幡之白兔》：记载于日本《古事记》，故事发生地是鸟取县东部的白兔海岸一带。

2 鳄鲛：日本古代神话中的海怪，现推论它的原型是鲨鱼。

给了兔子什么药来着……这又跟你有什么关系啊？”

“那神话里的鳄鲛其实就是人鱼哟！是我们的祖先。因为有过被兔子欺骗的体验和记忆，所以兔子是我们的天敌！哼！”

紧贴铁丝网的藻屑对兔子低声咆哮着。我无语了，干脆不理她，将用作饲料的胡萝卜和圆白菜拿出来。藻屑一副不可思议的表情看着悉心照料兔子的我。

“这事儿有意思吗？”

“还行吧。”

“山田渚是饲养员。”

“是啊。”

“嗯哼……”藻屑装作漫不经心，轻声问，“那你还养别的什么动物吗？”

“啊？没有了。”

等我从兔舍出来已是日暮时分了，橙色的夕辉落在校园里，耀眼炫目。

棒球队、足球队、篮球队、管乐队还在努力练习着。

我松松垮垮地背着书包，穿过校门，在田间小路上一步一步地走着。藻屑仍旧“哧啦——哧啦——”拖着那条腿跟在我身边。

田的那边是广阔的海洋。夕阳，将大海从海平线的边缘一点点、渐渐地染成深紫色。原来落日余晖是能让大海呈现出怪异不祥之色的。

想着要快点儿回家，我加快了步伐，与拖着脚跟在我身后的藻屑渐行渐远。到了转角处，我回头一看，已不见她的身影。

海平线那边，大海越来越大范围地被染成阴暗浓郁的紫色，浪花来来回回撞击着海岸。

第二天晚上。

打工结束后精神抖擞地回到家的妈妈，一边大声问晚饭吃什么，一边一如往常地偷瞄了一下里间友彦自我封闭房的拉门，小声叹了口气，脱下鞋，突然间——

“在晨曦中，凝视——大——海……”

妈妈开始哼起了海野雅爱的歌。站在厨房正准备将咖喱再热一遍的我，心中猛地一惊。

“怎么回事啊？”

“什么怎么回事？”

不知为何妈妈心情特别好。她把从打工的超市带回来的剩余熟食放进冰箱，我将盛好的咖喱饭和腌藠头[1]摆放在妈妈面前。

“海野雅爱是咱们镇上的人，你知道吗？”

“嗯。”

“最近好像回来了呢。不知道在干什么工作。听说他接了一些作词作曲的活儿。还有，说是养了一条大狗，有血统证书的那种。嗯……”

妈妈絮絮叨叨自言自语，咖喱饭吃到一半时，抬起头接着说：

“他好像有个女儿呢，长得像妈妈，特别漂亮。”

“……她就在我们班上。”

“哎呀呀，是个什么样的孩子？”

“奇——怪——的孩子。”

1　腌藠头：在日本常作咖喱饭搭配的小菜。

“你们关系好吗？”

妈妈对这话题挺来劲，脸都凑过来了。我正在小茶几上铺开本子写作业，对积极打探消息的妈妈感到不耐烦，敷衍地回答：

“嗯……”

“到底关系好不好？”

“星期天一起去看电影。”

“那不是挺好的嘛！”

这下好了，我确信，妈妈明天去了超市一定会得意地到处宣扬：“我家女儿和海野雅爱的女儿是好朋友哟。”

说不清为什么，反正就有这种预感。

吃完饭的妈妈站起身走向浴室。我收拾了碗筷后继续写作业。等妈妈洗完澡出来后，我心里多少有点儿在意，便问道：

“海野雅爱，是个怎样的人？”

“是个奇怪的人。”妈妈笑着说，然后突然皱起眉头，“是啊……那个人确实挺奇怪的。”

“妈妈认识他？”

“他是我高中的学长。虽然并不直接认识，但怎么说呢，算是个偏执狂、怪咖吧，唉……”

妈妈摊开一份晚报，边看边摇头，接着说：

“是啊……他属于那种不宽容的人吧。靠近他的人可能会很辛苦。那种人只适合远观，保持距离远远地看着觉得有趣，就行了。”

“嗯……”

那个礼拜的周六。

我去妈妈打工的超市买点食材，就在家附近。我脑子里思考的都是：米太重了，下次再买吧……嗯——番茄要能便宜点儿就好了……番茄沙拉做起来挺省事——诸如此类只和生存密切相关的事情。当我正要走进超市的时候，只听“哐当——！！”一声巨响。

我连忙抬头，只见一个又高又瘦的男人甩起长腿将购物车一脚踢飞。带滚轮的购物车顺势滑行，从站在门口的我身边“嗖”地飞过，撞击到墙上发出巨大的响声，激烈晃动后终于停下了。

一个略上年纪的保安跑了出来。

“这、这位先生，究竟出什么事了？”

“这个破购物车！根本推不动！”

我震惊之余，呆呆看着那个高瘦男人。怎么推不动，这不刚被他猛踢一脚滑动得很顺溜嘛……这家超市的设施确实比较老旧，使用起来不太灵光，可再怎么样也不至于发那么大脾气吧。

那个男人不耐烦地咂着舌，骂骂咧咧道：

“这种烂店，鬼才来！”

“这位先生……？”

蒙掉的我呆立在原地，和那个男人的目光对上了。

那是双凶狠的，带着癫狂的，却又十分怯懦的……令人生厌的眼睛。

我的胸口急速地涌起憎恶之感，我讨厌这个人，他太可怕了。然后又恍然觉得，这张脸似乎在哪儿见过。

啊——

想起来了，他就是海野雅爱，是电视上经常看到的那张脸。

他比我记忆中的明星海野雅爱要颓废、消瘦得多，只有一双眼比以前亮，灼灼逼人。

海野雅爱似乎不想和不认识的女中学生废话，只是不屑地咋了一下舌，缓缓从全身僵直的我身边走过。

他身后——

出现了一个少女——

她羞愧地垂着头走了过来。

少女黑色连衣裙的裙摆飘飘然蓬松地展开，胸口的蕾丝透露着成熟之美，青白纤细的双腿，能看到小小膝盖以下的部分。想必是件超级昂贵的名牌连衣裙吧。鞋子也是大人们穿的那种精致的高跟凉鞋。这身穿搭真的好美。

可能感觉到了我的视线，少女抬起了头。

海野藻屑的青白色脸上，挂着吃惊的表情，还掠过一种似乎叫作“绝望”的东西。

我缓过神来，发现自己不小心撞见了现实生活中的藻屑，莫名感到心中有些歉意。藻屑闪躲着视线，从我身边一路小跑而过。我闻到一阵带着清凉感的香甜气味，像是香水的味道。藻屑朝着她父亲的车奔去，而海野雅爱却粗暴地坐进那亮闪闪的进口豪车里，砰地关上车门，大声地吼叫着。

顺着风，他吼出的一句话传到了我耳边：

“自己走！老子先回去了！”

轰隆、轰隆隆轰隆隆——！

伴着排气管的轰鸣声，海野雅爱就这样丢下女儿，开着高调气派的进口车呼啸离去。

伫立不动的藻屑，连衣裙在风中胆怯不安地飘动着。

我站在那儿看了她好一会儿，但想着今天的生活还得回到正轨，于是装作不知情的样子往超市里走。此时背后传来哭声。我皱起眉头一边想：唉，真是够了，真拿她没办法，一边默默折了回去。

海野藻屑，独自站在停车场中央大放悲声。

她就像个小孩，一个被父母怒骂后不知所措，崩溃大哭的小孩。

我在超市入口处旁边的自动售货机上买了一小瓶矿泉水，握着它走向停车场，走到藻屑身后，瞄准她的后背投掷了过去。矿泉水瓶从空中飞过，精准地砸中了藻屑的背部。回过头来的藻屑看起来挺痛的样子，她揉着背，捡起落在蓄满热气的柏油地面上的矿泉水瓶。

咕嘟、咕嘟、咕嘟、咕嘟咕嘟咕嘟咕嘟咕嘟……！

一口气喝完500毫升矿泉水，藻屑“嘶”地吸起了鼻子。

嘶——

嘶——

嘶、嘶——

然后，又像转校那天早上——跟那天摔倒后只有我看到她裙内状况时一样，她狠狠瞪着我，用眼神表达：

你、看、到、了、吧。

然后开口对我说：

“去死。”

“……我才不死呢。你烦死了。”

“那，做我的朋友吧！”

“明天不是一起去看电影嘛？”

“……要不甩掉那个寸头，就我们俩去怎么样？”

“人家名字叫花名岛，你得好好记住啊。甩掉他是不可以的。不然那家伙也太可怜了！”

“哼！”

我和藻屑就这样杵在停车场中央好一阵子，直到发现我们妨碍了一辆辆开进来的车，这才去超市入口处找了个阴凉的地方，席地而坐。

“刚才那人，是你爸？”

“……”

藻屑没有回答。

“你们来买什么？”

“砍柴刀。”

“……砍、砍柴刀？”

我无法自控地用失态的声音又问了一遍。藻屑点了点头。

“有急用。”

“谁急用？用砍柴刀干什么？”

“是爸爸，他要分解尸体，得用砍柴刀。”

“……啥？”

我挠挠头，莫名其妙，不知所云。不对，等等，那个……

“刚才那个人，不就是你爸爸吗？”

“……”

“海野雅爱。”

“嗯……”

藻屑勉勉强强地承认了。

我们瞬间陷入沉默。犹豫不决了一段时间后，藻屑一副要向我和盘托出特别重要的事情一样，将全无血色的嘴唇靠近我的耳朵根，小声地说：

“其实我，特别特别爱我爸爸。”

“呃……”

“干吗啊，你什么意思？”

“没什么，就有点没忍住……”

“爱，就是绝望的吧。”

藻屑自言自语说着难以理喻的话。

温热的、晚夏的微风缓缓吹过。

我感到有道视线从超市收银台的玻璃后边射过来。伸长脖子一看，是我妈妈一边敲着收款机一边看向我这里。她用丰富的表情给我打哑语，好像在说：喂，你个小鬼在那儿干什么呢？不嫌热吗？……那孩子是谁啊？长得真漂亮！啊？就是海野雅爱的女儿？妈妈想多看几眼！哎呀，真是的，现在客人太多我出不去，带她过来给我瞧瞧呀！什么？不行？你这孩子真小气……

大概表达的就这些吧。藻屑注意到我的视线，也抬头看过去。当她看到一个挤眉弄眼的收银大妈时，便“啊哈哈”大笑了一会儿，然后打量我的脸，说：

“真像！”

“……”

“那是山田渚的妈妈？”

“嗯，嗯。”

“是很普通的妈妈吧。”藻屑一脸羡慕地说。

不知为什么，她这句话让我觉得，难道藻屑的母亲不是正常普通的妈妈吗？

“你妈妈呢？”

"在东京。"

"咦?"

"过气女星。演一些土掉渣的小电影。"

"哦……"

"还有,不久前在某推理剧里演了第二个被杀的人。"

还真是个过气演员呢……我心里也这么想。与说起那个怪咖爸爸时完全不同,聊母亲时的藻屑满脸都写着"极度憎恨"四个字。

"最差劲的女人!"

"怎么这么说?"

"明明过气了,还不认命。已经不是美女了,一把年纪了,脸干巴得都快裂开了,还抛弃了丈夫。"

"为什么抛弃丈夫啊?"

"她说他脑子有病。"

"唔……"

"我和妈妈竞争,我赢了。所以呢,爸爸才会和我在一起。能和他一起生活的只有我!"

又起风了。

那阵微热的风，吹动着藻屑的连衣裙。裙摆被风掀开，又露出了她青白纤瘦的腿。那腿上仍然布满了被殴打的伤痕，青一块，紫一块，还有已变成暗红色的。

发觉我看到了那些伤痕，藻屑又对我说了句“去死”。

我嗤之以鼻，没搭理她。

我站起身，藻屑也慢慢地站了起来。

“超市里不会卖砍柴刀的，要去别的店，那种卖农具或木材的店。”

“像HANDS[1]那样的店？”

“HANDS是什么？”

“嗯……是个特别大的杂货店。”

我告诉藻屑在她回家的路上就有卖砍柴刀的店，可她一个劲儿地说“听不懂”，无可奈何，我只好将买番茄、鸡肉、酱油这些事推后，先带藻屑去了那家店。

---

1 HANDS：指日本大型杂货连锁店“TOKYU HANDS”，官网中文名叫“东急手创馆”，一般只在大城市的繁华地段开店。

在偌大的店里来来回回寻找，穿过卖涂料、木材、水管的地方，总算找到了砍柴刀。各种型号各种尺寸的都有，藻屑毫不犹豫地挑了最大的那一把。价格超贵，但藻屑在付款处十分自然地掏出了信用卡。

是她父亲名下的信用卡，印刻着“UMINO MASACHIKA”[1]，是张金色的卡。这可是我第一次见到信用金卡呢，唉……很随意自然地买了高价物品的藻屑，使了一把劲将砍柴刀扛在肩上，用她穿着漂亮但似乎不太好走路的高跟凉鞋的脚，蹒跚而行。

出了店门，我们走在晕染着金黄阳光的乡间小道上。

阳光刺眼。

远处的蜷山看起来比平时高耸。太阳闪耀着热辣夺目的光芒。生长茂盛的稻田绿油油的一片，稻穗时不时被暖风吹拂得弯下腰。被吹倒的那些稻穗，

1　原文此处是“海野雅爱”的片假名，日本信用卡持卡人姓名一般采用片假名或罗马字拼写。为方便表记，译文采用其罗马字拼写“UMINO MASACHIKA”。

和周围原本的绿形成了色差，呈现出格外浓郁的绿色。这因风而起的色差宛如隐身的巨人漫步稻田间留下的一处处足迹，不时地起伏变幻着深深浅浅的绿色。

藻屑单手擦了擦青白额头上渗出的汗珠，问：

“山田渚的爸爸呢？”

我瞬间欲言又止，终于还是轻声地说：

“死了。”

看藻屑歪着头表示不解，我继续往下讲：

“十年前就死了。爸爸的抚恤金三个月前也被哥哥花光了。所以我决定不上高中，我要去工作。”

“十年前……？”藻屑摇摇晃晃地边走边反问我，“超级暴风雨也是在十年前啊。”

“……所以我要说的是，我爸爸就是死于那场暴风雨。”

“怎么回事？”

“因为他在船上。我爸爸是渔夫。从本地的水产学校毕业后就去当渔夫的人很多，我爸爸也是其中之一。那天天气预报明明报的是晴天，气象图上没有的暴风雨却突然来袭，许多渔船被浪打翻，我爸爸就这样没了。”

“叫什么名字？”

“山田英次……干吗问这个？”

“啊，这人我知道。”藻屑轻描淡写地说着。

我有个糟糕的预感。

我不希望自己家人的事变成藻屑编谎话的素材——也就是友彦口中的“糖果子弹”。那真的会让我心痛、愤怒。然而，藻屑轻易就踩了我的红线。她用悠闲自得的口吻说：

“那人，我在海底见到过啊。看上去很幸福的样子，有金银财宝，还有美女人鱼作陪，开心的哟，早就将地面上的事情忘得一干二净了。死在海里的渔夫都是这样的，大家很幸福呢。真是太好了！对吧。”

我一言不发。

藻屑平常总是走在我的左边，突然一辆翻斗式卡车驶进这条没有人行道的柏油路。我躲闪到路边，对藻屑大喊：

“闭嘴!”

“他们在海里跳舞醉酒，好不快活。死掉了也一点儿不悲伤哟。所以山田渚你也要振作起精神！还有……”

“你给我闭嘴!”

“人鱼善良温柔，在海底生活得很开心呢。而且……”

藻屑对我的制止充耳不闻，反倒一个劲儿用很快的语速唠叨着。

终于到了路的分岔口。藻屑根本没有注意到我在生闷气，她笑呵呵地说：

“砍柴刀，谢啦，山田渚。”

“……”

“明天见。”

她用力挥动着手，步履蹒跚地走开了。

我心酸地目送藻屑离去的背影。

一条龟裂的柏油路绵长地延伸至远方，路两旁摇曳着鲜绿的稻穗。放眼望去能看到云烟缭绕的蜷山。行人稀少，也没什么来往车辆，仿佛这个世界就只剩下我和她。藻屑飘忽摇摆地走在这条和她不搭调的乡间路上，步伐有点儿不安，却欢快地晃动着肩膀，看起来心情不错。

是风向的缘故吧，从大海那边飘来海潮的腥味。我呆呆伫立在岔路口，目送着藻屑缓缓走向远方的背影，久久地、久久地没有离开。

毋庸置疑，那时的我，还什么都不知道。

根本不会想到，此时远去的，竟是一个背着将被用来把她自己肢解得零零碎碎的砍柴刀的、可怜女孩的背影。

第二天周日。下午一点，我在约好的时间到乡下路上的公交车站碰头，只有花名岛无所事事地坐在长凳上。我和花名岛有一搭没一搭地聊几句，等待着藻屑的到来。可她迟迟没有出现。

超过约定时间二十分钟左右后，藻屑才不慌不忙地走来，咕嘟咕嘟喝着矿泉水向我招手。花名岛明显松了一口气。藻屑一副对花名岛不感兴趣的样子，径自朝我笑嘻嘻地说："山田渚，你来了啊。"

正巧，开往城镇的公交车到了。其实走路或骑自行车都能去，今天坐公交车去是花名岛计划的。他的约会蓝图里似乎完全没有步行或骑自行车出游的画面。我们上了从中国山脉[1]的深处出发，以电车车站为终点的破旧公交车，从后门上车时每人依次拿了一张乘车编号券。

公交车出发了，窗外连绵辽阔的蜷山渐渐远离我们的视野，取而代之的是，前方一点点向我们逼近的宽阔大海。

我们坐在最后面一排宽敞的座位上。藻屑坐中间，她左边是花名岛，右边坐的是我。

藻屑好奇地盯着手中的乘车编号券，横看看竖瞅瞅，翻过来正过去看。花名岛显得特别紧张，跟平时教室里坐我旁边的，懒懒散散、不拘小节的花名岛判若两人。看他现在这副笨拙拘谨的样子，哼，我倒觉得平时的那个花名岛反而印象分高点儿呢。

1　中国山脉：日本本州岛西部五县（鸟取、岛根、冈山、广岛、山口）被称为“中国地方”，其命名由来存在多种推测并无定论，中国山脉贯穿该地区。

今天的他太紧张了！我不经意就在心里给他扣了分。

藻屑还在津津有味地研究那张乘车编号券，花名岛忍不住问了一声："怎么了？"藻屑没理睬他，反而问我：

"这个，是什么？"

"这……不就是车票嘛。"

"坐公交车还要票？"

真是不食人间烟火……

我和花名岛根据藻屑提出的问题，费了九牛二虎之力总结出藻屑所认知的公交车是这样的：按她本人说法，她坐过日本海海底的叫什么"潮骚巴士"的车，其实应该就是东京的公交车吧——不论到哪儿车费都一样，在上车时就付费的那种。"真不错啊！"我和花名岛不禁叹服，这就是地域差距的冲击。花名岛说：

"那一定是因为，公交车不是从山里开出来的吧。"

"……也是。"

这座城镇的公交车都是从中国山脉特别高的、人烟稀少的村落出发的。从始发站上车的乘客会坐很长一段路程，如果中途上车的乘客和始发站的乘客付同等金额确实不够公平，所以票价从二百日元到一千五百日元不等。我们算是中途搭乘，车费是三百日元整。那个印有数字的乘车编号券就是标记你从哪里上车的。下车的时候将编号券和零钱一并投入收费箱即可。哟，到电车车站前的电影院附近了，下车喽！

我和花名岛起身走向公交车前门，藻屑也慌忙站起来，哧啦哧啦地拖着腿脚紧跟上我们。我们叮叮当当投入零钱后下车，回过头看到，藻屑正拿出个什么东西给公交车司机看。

像是学生证之类的东西。不知为何，司机瞬间露出大吃一惊的表情，然后点了点头。藻屑付完钱下车时，那年纪不轻的司机师傅一直盯着摇摇晃晃走下车门口台阶的藻屑的背影。随后，看到愣在那儿等她的我们，突然发火似的嚷道：

“你们不是朋友吗？快帮帮她呀！”

帮什……什么？

我和花名岛吓了一跳，面面相觑，俩人都一脸不解。司机恼火到极点，狠狠扔下一句“现在的小孩真不像话”，粗暴地关上车门从公交车站开走了。

我和花名岛张大着嘴巴，呆若木鸡地目送公交车远去。只有藻屑没心没肺地模仿司机的腔调说：

“现在的小孩，真、不、像、话！”

然后一个人捧腹大笑起来。

电影院里没几个观众，来的多是老年人。原来今天连续放映的两部片子，一部是火药味过剩的好莱坞动作新片，一部是有怀旧感的法国推理悬疑黑白老片。动作片刚开始放，藻屑就神速进入爆睡状态，睡得死死的。因为是花名岛请客，且平时很少有机会来电影院，我抓住这机会目不转睛地盯着大银幕专心看电影。藻屑坐在我左边，藻屑的左边坐着花名岛。花名岛全然不在意沉沉睡去的藻屑，他吃着爆米花沉浸在火药味巨浓的电影画面里。然而第一部结束后第二部刚一放映，花名岛反而像中了麻醉枪的猛兽一样“呼……”一下子就失去了意识，昏睡过去。此时藻屑迷迷糊糊醒过来，注视着银幕

“啊！”了一声。

“喂，山田渚，这个四处徘徊的女人，真漂亮。”

“是让娜·莫罗[1]。”

“谁啊？”

“应该是从前法国的女演员。我哥哥比较懂。”

“为什么她一脸烦恼的样子？”

我只好把前面的剧情给她讲了一遍，没想到藻屑居然挺感兴趣地听着，并“嗯、嗯！”地点头回应。

“呀！”

“不要吵——”

“她被困在电梯里了？要怎么逃出去呀？”

“逃不出去吧。”

“她可真笨。”

“这、怎么叫笨呢，那换成是你，你怎么逃？”

“呃，可简单了。”

藻屑一边聚精会神地盯着银幕，一边小声对我说：

1 让娜·莫罗（Jeanne Moreau，1928—2017）：法国女演员，代表作有《孽恋》（1958）、《夜》（1961）、《夏日之恋》（1962）等。

“我啊……因为我是人鱼。”

“又来了。”

“人鱼可以变成泡沫哟。是不？所以呢，咕嘟咕嘟一下子变成泡沫逃出去就好啦！可以从密室里消失呢。能捉弄忽悠警察，自由自在的。啊哈哈。”

我无视傻瓜藻屑的言论，继续看电影。藻屑不开心地鼓着腮帮子，时不时戳戳我。

“你很烦人啊。”

“你不相信？”

“当然不信。不管什么人，都不可能在密室里消失。”

“是这样吗？”

“我哥哥说的。”

“嗯，山田渚哥哥说的话准没错。但是，那仅限于人类而已吧。”

藻屑满怀自信地反复念叨着。

出了电影院，刚从熟睡中醒来的花名岛，对第一部电影发表的评论是“啊——太有意思了”，而关于第二部说的是“可让我好好睡了一觉”。然后，他开始说明接下来的约会行程，说先去咖啡厅喝点儿东西再到海边走走。而我和藻屑却为了“人能不能从密室消失”这个话题争执不下大吵一架。其实冷静下来想一想，这还真是个无聊愚蠢的话题。

“会消失！”

“不可能！”

“绝绝对对会消失！”

花名岛在一旁无可奈何地挠着头说：

“我觉得，怎样都行吧……”

藻屑甩开我自顾自地向前走，时而挥舞着双手，时而咕嘟咕嘟狂喝水，亢奋地继续着那个话题。

“我就可以！可以变成泡沫呢。因为我……”

“那，你倒是变给我看看呀。”

“好……好啊。”藻屑瞬间畏怯了，但立刻恢复嘴硬，“那就下周……”

“就现在。今天。马上！”

“欸？”

“你可以的对吧？”

我故意挑衅，刺激藻屑。她为难地撇着嘴，最后好歹点点头：

“……我可以的！”

她领着我和花名岛走到了一条路上。

是公交车来时的路。我们沿着路慢悠悠地走，三个人都沉默不语。时不时，翻斗式卡车颠簸着从我们身边驶过。混杂着牛粪的稻草掉落在柏油路面上，被卡车碾压后变成薄薄的一片贴在地面上。夏天的阳光太刺眼。我们走到了一个独栋别墅区附近，有几辆看着很高级的车开了过去。

过了没多久，我们来到了一座位于别墅区一角的白色大房子前。它像是用切得四四方方的白色石头建成的，这算现代风格吗？我不太懂，总之是一栋特别煞风景的大宅。所有的窗户都很小，位置还特别高。房子前面栽种着低矮的树篱，上面盛开着鲜艳的花朵。

“这是哪儿？”

“我家。”

花名岛不禁发出“啊！”的一声。

“也就是说，这是海野雅爱的房子？嘿嘿。”

“我可以从这个家消失。”

“怎么说？”

“变成泡沫。”

真是够了，我不耐烦地叹了口气。我何苦跟她较真儿争辩不休呢，把事情越搞越复杂，真是自寻烦恼。但藻屑不知为何挺开心的样子，看着手表说：

“我进家门一分钟后，就会变成泡沫，然后消失。这就是我千真万确是条人鱼的证据。”

“咳……”

藻屑一把揽住我的头，小声说：

“三十分钟后，在今天碰头的公交车站见。”

“欸？”

“在那儿不见不散。”

藻屑又看了一眼手表，然后缓缓地朝玄关走去，一步、一步……到了玄关前，她打开白色的大门。虽已进入傍晚时分，但这个时间段还挺炎热，我们沐浴着热辣的阳光，茫然站在原地。远处传来市政府办公楼的整点钟声，正好到五点了。大门关上了。

我和花名岛面面相觑。

不管怎么说，我们俩盯着时钟看。

一分钟过去了。

好像听到一些微微的声响。

我们又看了对方一眼。

“……喂，到底怎么确认呀？”

“谁知道呢。”

我蹑手蹑脚地靠近海野家的大门，小心翼翼地敲了敲门。

谁也没出来。

花名岛一脸困惑地说：

“就这？这就是消失的证据？那家伙，骗三岁小孩啊？话说回来，这一天天的，逞强非说自己是人鱼、人鱼！脑子坏了吧？啊，真够受的……”

“但你还很喜欢她。”

“……不晓得，也不一定是喜欢啦。”花名岛没精打采地嘟囔着，“你还别说，我现在对她很火大呢。”

“你现在才开始火大啊。明明大伙儿都离藻屑远远的嘛。”

我小心地按了门铃，依旧没有任何人回应。按了好几次，我渐渐怒火中烧，喊道：

“喂！海野藻屑！喂喂，够了吧，快出来吧！”

我伸手碰了一下门，门竟然开了。

花名岛的视线停落在玄关中央。我也跟着看了过去。

“咦……？”

忍不住嘀咕。

玄关里没有任何鞋子。

“那家伙……难道穿着鞋子进去了？”

“不，不知道啊。”

玄关里装饰着鲜花，宽敞到就算住人都绰绰有余，一条亮闪闪的宽大走廊延伸到屋内。我和花名岛呼唤着“海野！”“喂，藻屑！”，一边轻手轻脚地脱下鞋子，自语道“不好意思，打扰了……”走进了房间里。

偌大的厨房和客厅，摆放着大屏幕液晶电视和钢琴，还有……吧台上洋酒的瓶子。

空无一人。

这房子好像没有后门，能进出的地方只有那个宽敞玄关。窗户都是从里面上了锁的，也没发现什么地下室。花名岛连屋顶上都找过了。

“见鬼，真的消失了？”

他一脸不解地自言自语，呆站在原地。

我想着再去浴室看看，边走边闻到一股怪异的臭味，腥腥的……像是鱼市场弥漫的那种独特的腐臭。

浴缸里，孤零零地，躺着一把砍柴刀。

是昨天藻屑和我一起买的那把超大砍柴刀。

花名岛也赶了过来，看着砍柴刀问：

“这是，什、什么呀？”

“鬼知道。”

花名岛郁闷地皱皱眉出去了。我也正打算离开浴室，却忽然注意到砍柴刀上粘着些红黑色的东西。我停住了脚步。

我轻轻地蹲了下来，盯着粘在砍柴刀上的东西仔细观瞧。

“……血？”

嗯，的确是血。

我茫然地望向半空，陷入沉思。

想破了脑袋，我也没想出个所以然。

我走出了这栋既无人影又没锁门的白色房子。一脸疑惑不解的我和满脸写着“岂有此理”的花名岛就此道别。

就在我准备回家时，忽然想起藻屑说的“不见不散”，便转身往公交车站方向走去。一路上映入眼帘的，有随风摇曳的鲜绿稻穗、暗蓝的汪洋大海，有一眼望不到头的破旧斑驳的柏油路，还有个倾斜的公交车站牌歪立在那儿。

就在那儿——

藻屑——

竟然坐在那儿。

我晃悠悠地走过去，藻屑抬起头开心地对我说：

“嗨！你真够磨蹭的。”

“因为一直在找你啊。”

“呵呵。”

“……喂，你到底怎么做到的呀？”

藻屑笑嘻嘻地说：

“不是早就说过嘛，我变成泡沫了。”

“……”

“哈哈哈。”

藻屑一个人笑得很开心。一头黑发在微风的吹拂下轻柔地飘摇，漂亮的大眼睛毫无闪躲地直视着我。她一脸天真无邪地问：

“寸头呢，回去了？”

“嗯。黑着脸回去了。”

“那，我们俩去哪儿玩玩吧！”

“……才不呢。我也要回家了。今天是藻屑和花名岛约会，这个目的已经达成啦。”

藻屑十分惊诧，毫无掩饰地表露出失望的神色。

“干吗呀，好不容易才甩掉寸头。”

“……呃？难道你刚刚是为了甩掉他才弄了这一出？”

藻屑没有回答我，脸上挂着做错事败露后的愧色。可能发现我在生气，她装可爱嘟着嘴对我说：

“可、可是……”

“那家伙，不是很可怜嘛！”

“可是，因为山田渚也一起去我才答应的啊。寸头自己也知道的吧。再说了，我本来就没有满足寸头心愿的义务。”

藻屑的话听上去振振有词，实际上都是些任性无理、莫名其妙的借口，让我因不知如何回应而大伤脑筋。但我的敌对情绪已经抑制不住地从心里喷涌出来，无法阻挡，失控了。我愤怒地吼着：

“我不管了！全是骗人的！什么人鱼，什么密室……”

“不、不是骗人的！”

藻屑认真地反驳着。她的脸上浮现出了一种让人忧惧的表情，于是我闭上了嘴。

“真不是骗人。大多数人都不相信，我也没办法啊。但日本海的底下确实有人鱼的群体。我就是那群人鱼中的公主。虽然现在来到人间……但我真不是人类，真的全部、从头到脚都不是！”

“……没什么不是的。够了，别说了。”

“我没有说谎。刚才真的变成泡沫消失了。走进家门后整整一分钟，因为人鱼的肉身还原成泡沫需要一分钟的时间。我就是这样消失了，千真万确！”

“满口谎言，海野藻屑是最差劲的谎话精！”

“不！我不是！”

藻屑的黑色眼眸里，泪水滴滴答答滚落下来；口中也流出不知是矿泉水还是唾液的液体。

“为什么你不明白呢？我没有骗人！一切都是真的。”

“可就在昨天，你不是还说了奇怪的话吗？买砍柴刀什么的……”

砍柴刀，一说到这个词，藻屑大惊失色。

“你说是你爸爸分解尸体用的，为什么要撒这样骇人听闻的谎？像个白痴一样！你就这么想引人注意吗？事实上呢，你也达到目的了！是，你是引人注目了，然后被孤立排挤，被人看成是神经病！”

“我、我、我……”藻屑嗫嚅着，“我没、没有撒谎。呜呜……”

泪珠大颗大颗滴下。

“真的没撒谎。”

“那我问你，分解的尸体在哪儿？如果是真的，那岂不是杀人案吗？你爸爸会被抓起来的。还是说，杀人凶手不是你爸爸，其实是作为女儿的你？你爸爸替你收拾了尸体？是这样的剧情吗？或者是……”

我又为了无关紧要的事较劲生气——太不像我的风格。这根本就不是我。今天一整天的时间都没有获得任何对自己有用的弹药，反而被卷入由大量砂糖堆砌而成的藻屑的世界里，还乱了自己的方寸。我越来越恼，大脑飞速运转着去预测藻屑接下来会说什么谎，把各种她可能编谎的素材都列举了出来。

“……还有，对了，你家养狗的吧？那只大狗。被杀掉的不是人，是那只大狗吧？是狗的话那就不是凶杀事件。可能算虐待动物会被抓起来，但和人相比没什么大不了，对吧？被肢解的反正是只狗而已嘛。还有呢……”

“嗯，你说的对。”藻屑淡淡地回答。

“……啊？”

我顿时哑口无言。

“你说对了，事情就是这样的。”

藻屑用手指着蜷山。一阵风拂面而来，我们的裙摆随风飘曳。

“爸爸，把一直很宠爱的狗狗波奇杀了。”

“为什么？”

“唔，用那个水泥方砖砸的。”

“……”

“那么大一只狗，没想到它会死。可它跌跌撞撞了几下就死了。然后呢，爸爸大哭了一场，还给它在山上弄了一个墓。因为狗太大无法直接运上山，所以买了砍柴刀，把它分成了四块。昨天夜里，扔到蜷山上了。爸爸给波奇写了信，写的是‘永别了，波奇’。所以说……”

刚才语气如同机器人的藻屑，渐渐兴头上来，开始滔滔不绝起来，她双手比画着，这个那个说个没完。我感到一阵烦躁，转身快步逃离她，想着赶紧回家做饭。

藻屑跑着追赶上来。那个不祥的哧啦哧啦的脚步声逐渐靠近。

“我说的是真的，山田渚。”

我停住脚步。

“……真的？”

“嗯！”

“绝对是真的？”

“嗯！”

“如果这是骗人的话，你能发誓再也不撒谎吗？”

藻屑有些迟疑，但还是点了点头说：

“嗯。”

“那一起去吧。”

我干脆利落的一个转身，朝蜷山的方向走去。藻屑慌张地摆动着手，

“一起去哪儿？”

“蜷山。波奇的墓地。”

“别啊，山田渚……”

“你不是说没撒谎吗？”

我口气强硬地撂下这句，将竭力反对进山的藻

屑强行拉到了蜷山登山健行路的入口。藻屑一直在扭怩抗拒，当踏进山道时，她开始哭起来。

“不要去！”

“为什么？那不是你心爱的狗狗吗？”

“我不想看啊！”

“你以为我想看吗？……但如果那儿真有的话。”

然而我现在，正爬着那天拽着藻屑爬过的那座蜷山。

现在是十月四日的早晨——

我回忆起当时哭哭啼啼跟着我走的藻屑那破碎不堪的样子。

那时的我，不知为何那么生气。一是因为觉得从头到尾连名字都没被她记住，一直被叫“寸头”的花名岛实在可怜；二是因为边哭边跟着我走的藻屑对我说“我知道了，你喜欢那个寸头。被我猜中了对不？山田渚”，这让我更加恼羞成怒；还因为海野家豪华的纯白色大别墅在我脑子里浮现。总而言之，我当时极度恼火，对毫无弹药的藻屑生气，也对被她捉弄的自己生气。

于是我拖拽着藻屑，爬上了这座蜷山。

“——小渚？”

现在走在我身边的这个人，注意到我煞白的脸色，关心地唤了我一声。

在迷蒙的晨雾中，那人的身影忽隐忽现。白色的雾气宛如细腻轻柔的薄纱，时而将我们温柔包裹，时而松开。包裹，松开，循环反复。

“小渚，不要紧吧？”

那个人轻柔细语地问我。我勉强点了点头。

“……嗯嗯。”

“休息一会儿？”

“不用，没事。”

我摇摇头，说：

“……这件事让人挂心，所以我想尽快确认。”

“知道了。我们走吧。”

这是十月四日的早晨——

我，此时此刻，再一次踏上蜷山的路。

“喂，山田渚的哥哥是怎样的人？喂！”

开始爬蜷山没多久，我们一会儿因湿漉漉的青苔而滑倒，一会儿因碰到蜘蛛网而发出惨叫，这个让人捉摸不透的新朋友海野藻屑也差不多重新振作了精神，一度非常安静，可过了一阵子，她便表现得特别想跟人聊天。我情绪不佳一直沉默不语，可藻屑连续不断地发问，再接连重复自己的问题，或根据自己随意的想象自说自话没完没了。

“喂、喂、喂……”

“吵死了啊！”

山路上布满青苔，脚边长满着蕨类植物和不知名的杂草，头上的树枝还结着很多蜘蛛网，寸步难行。所幸我穿的是运动鞋，而藻屑小巧精致的脚却被成熟女人才穿的漂亮高跟凉鞋包裹着，所以总是打滑，每当她险些滑倒便会发出惊叫。即便如此，她仍然不断地积极找话题试图和我聊天。

藻屑似乎害怕寂静无声的环境。她不断地吞咽口水，大量矿泉水被她灌下肚，可她依然不消停，变着花样跟我搭话：

“喂，是怎样的哥哥呀？你们长得像吗？”

蜷山陷入诡异的寂静中，令人毛骨悚然，仿佛这里除了我们俩再没有别的生物。藻屑尖细的声音倒是穿透得特别远，在山间回响。我拗不过她，只好面露愠色地开口：

“以前是优等生，帅气又爽朗。现在嘛，嗯……是妖魔。”

“妖魔？”

“对。我家是妖魔之森。我是森林管理员。”

烦躁不安地说着这些话的我，想起了那个变成美丽妖魔的哥哥——友彦——的一幕幕往事。在我幼时的记忆里，友彦原本只是个普通的少年，聪明、爱读书，偶尔会有点儿奇怪行为。说是奇怪行为，其实不过是爬上不该爬的树，然后意料之中摔断了腿，或是下河游泳差点溺水。这些事对女孩来说难以理解，但对男孩而言是正常范围内的鲁莽，大概就这个程度。

哥哥在三年前的某一天，突然退出了自己的人生，躲进狭窄的房间闭门不出，思考世间一切，微笑，只摄取维持最低限度生命的食物……

哥哥变成了一个旁观者——

旁观世间的一切。

我隐隐觉得那就是一种类似“上帝视角”的东西吧。伟大的神，独自站在云端，俯瞰人类的所作所为，谁濒临死亡也好，谁在苦苦祈祷也好，都只是付之呵呵一笑，袖手旁观。友彦已经十分接近这种存在了，所以……

某种意义上，我的哥哥，早已不在了。

我还很小的时候，友彦曾在夏日祭的会场中来回奔跑寻找迷路的我。那时友彦刚上初中，而我还是个幼儿。在迷路儿童保护区那里哭泣的我，看到友彦简直像正义使者一样猛地飞奔过来，用刚开始变声的低沉嗓音对我这个妹妹喊道：“小渚！啊！你在这儿啊，太好了！”然后气喘吁吁瘫坐在地上。迷路儿童保护区里的大人们一边给哥哥果汁喝一边安慰他，可友彦却认为妹妹走失是自己的责任，那晚他一直因自责而情绪低落。

曾经某段时期，友彦偶尔挺吓人的。当我随便碰他的游戏机，或擅自一个人吃掉了零食时，他会真的生气。他会有调皮恶作剧的时候，但也有无比温柔善良的时候。

如今的友彦，哪个都不是。我能隐约感觉到，那个为了我奔走呼喊的哥哥再也不会回来了。没了父亲，也失去了哥哥，当然目前还没有男朋友，这个世上愿意为我奔走的男人或许已经不存在了。一想到这些，我心中便有无限绝望纷涌而至。

“……啊，对了。”

“嗯？”

我突然有个问题，想问问正在一起走山路的藻屑。我看了看身旁的她。藻屑擦拭着额头上冒出的汗水，说：

“好热啊，又好累，我们回去吧。”

“不行。那个，我问你呀……”

我想起了昨晚和已成为“神”的哥哥友彦之间的一番闲聊。友彦面带一贯的优雅微笑问我：“‘猜中即糟糕’的谜题你知道吗？”这是在我们吃晚饭时例行的简短聊天中发生的对话。

“小渚，你听好喽，千万别猜中啊！”

“为、为什么？”

“能答对这谜题的人史上只有五个哟。”

哥哥虚张声势吓唬我，对着满脸困惑不解的我开心地甩了甩长发，开始出题：

“有个男人死了，死于某次事故。男人有妻子和孩子。男人的同事来参加葬礼，在葬礼上，该同事和男人的妻子之间竟然萌生出暧昧的气氛，咳，就是所谓的互相吸引吧。然后那夜，男人留下的血脉——他的孩子被杀。凶手是妈妈。妈妈毫无征兆地杀掉了自己的孩子。请问这是为什么？”

“为、为什么……”

鬼才知道呢！我愣在那儿不停眨眼睛，友彦很满意似的点点头：

“我的妹妹哟，你蒙了吧！”

“嗯，那可不。”

“真想不出来？”

“……不好意思啊，我完全想不出答案。”

“太好了。小渚。你是精神状态正常的人。”

“啊？”

友彦乐呵呵地说：

“有一种说法，说这是针对重案少年犯的精神鉴定题。99.99%普通青少年都回答不出来。迄今为止，答对的只有五个人。所以说……”

接下来，友彦一一列举这十年左右发生的奇案的少年犯的名字。我怔怔地看着他。

“答对就糟糕了。游戏到此结束。我妹妹是正常人，鉴定完毕。回见，小渚。”

哥哥留下傻傻愣在原地的我，关上了房间的门。

我想起这事，于是把那个谜题抛给了走在身边的藻屑。藻屑喝着矿泉水，边听边点头，问道：

“……为什么啊？”

“不知道啊。”

“为什么孩子死了？呃，妻子杀的？……不懂啊……为什么呀？”

其实，那个害我想了一晚上的谜题的答案，在今早我做好早饭送进哥哥房间时，从睡眼惺忪的他嘴里问出来了。可我现在就想刁难藻屑，故意不告诉她谜底。

“一句话就可以回答哟。”

“呃呃，几个字？几个字？

“嗯……一、二……一共三个字。”

“哦……是片假名？还是汉字？”

“这不是关键啦！猜不出来吧？”

“猜不到啦！”藻屑赌气地小声说着。

我感觉自己证明了藻屑其实只是个普通孩子，心里松了一口气，但也有那么一点儿小失望。咳，她不就是个有点儿喜欢吹牛说谎的孩子嘛。我想到这儿不禁感到一些无名的失落。

藻屑骨子里比她的外表要普通得多，只不过是个想引人注目的家伙。就比如现在，为了吓唬我而撒的谎已经没法圆了，她正在伤脑筋呢。不论走到山上哪个角落都不会出现被肢解的狗，所以现在藻屑肯定在盘算着一会儿怎么蒙混过去。

倾斜的山坡路越来越陡峭难走，我们的呼吸逐渐局促起来。

爬了一阵子后，视野忽然变得开阔。我们走到了树木相对稀疏，只歪斜摆放着一张旧木长凳的地方。映入我们眼帘的是山脚下遥远的街道，以及一望无际、黯淡无神的日本海。藻屑轻轻地“哦……”了一声。城镇里稍微有一些略高的楼房密集在一处，其中心区域是车站。细长的商店街、破落的屋顶，还有那长长的柏油路、农田、零星的民宅。

海边停泊着旧渔船，还有些卡车群集一处。

这里真是个微小的、渺小的世界，像极了一堆老旧破败的景观盆栽。

一阵莫名的揪心之痛袭击着我的胸口，我的内心涌出不可言表的情绪。我觉得让从大都会来的穿着时髦漂亮高跟凉鞋的、知名艺人的女儿海野藻屑看到这幅衰败景象特别羞愧难当，不免冒出来一肚子无名火。

而这时，藻屑伸着懒腰自言自语道：“嗯，这儿风景还挺美的嘛。”本想接过她的话，可当张开嘴却找不到合适的词汇。说不上是惭愧还是欣慰，好像两者都不是，我心里五味杂陈，终究无言以对，闭起了嘴巴。

藻屑根本没有注意到我的心理活动，也忘了看风景，反而挂念着刚才的谜题，喃喃自语道：“还真想不明白呢……不过，唉，算了吧。”然后又开始继续围绕我哥哥的事展开提问。

我有一搭没一搭地回答着，渐渐地发觉藻屑的脑子里已经描摹出了友彦的具体形象。

于是，这也让我产生了难以名状的不适感。

换言之，我不想被藻屑同情。

作为知名艺人的独生女，能自由使用父亲的金卡，遗传了女演员母亲的美貌。而我，一个住在乡下的、失去了父亲、唯一可依赖的兄长常年家里蹲、未来一片黑暗的女孩子，藻屑那家伙一定已经看清了我这如此不堪的现状。啊，真丢人！我特别害怕心中建立的让自己心悦诚服、以友彦为信仰的“哥哥教派”，会被别人轻描淡写的一句话否定，坍塌崩溃，真的害怕极了。

藻屑继续边走边聊。

“虽然我没见过所以不太清楚。”

“……”

“山田渚的哥哥，似乎是个很温柔的人呢。小渚也是好孩子哟，一心为家人着想，跟哥哥的关系又好。他一定是特别好的哥哥吧。绝对是的！山田渚。”

我呆呆地盯着正用力劝说安慰我的藻屑青白的侧脸。藻屑的表情完美诠释了“拼命”这两个字。为了无精打采的我，她尽力向我发射元气的子弹——即使是虚无的子弹，也持续不断地朝我袭来。

我既感到讶异，又觉得合情合理，我从藻屑离奇古怪的表面下发现了某种隐藏着的不一样的东西。我们继续往前走。

现在想来，前段时间说起我爸爸因为暴风雨而遇难的时候，藻屑不顾我的阻止一直唠叨着父亲在海底的幸福生活，那很有可能是“脑回路”异于常人的她为了安慰我而编织出的谎言。

我明白了。藻屑是善良温柔的，虽然她那种温柔脱离正轨，给人带来困扰，就像现在，对未曾谋面的友彦赞不绝口让我头疼，但我终究没办法对这个黏黏糊糊的糖果子弹生气，只是默默不语地向前走。

继而，藻屑也渐渐地安静下来，夕阳慢慢西下，我们擦拭着额头上的汗水，拨开眼前的蜘蛛网——

秘密小径的尽头，是一片孤零零的空旷场所。这片区域的面积大约能建一栋小房子，是一块在丛林深处，昏暗又潮湿的土地。

那儿有一个像是用枯叶堆积成的小丘。

小丘上面貌似堆着一团什么东西。

那东西呈现出红和黑混合的颜色。

究竟是什么？

藻屑指着那团红红黑黑的东西，伤感地说：

“……波奇！”

我终于明白过来，那就是被砍柴刀肢解的狗的尸体。

我当即跪倒在地，呕吐不止。

我正爬着蜷山。

走在和那天同样的路径上。可今天不同那日，并非黄昏时分，而是朝日将升未升的清晨。然而昏暗的山路让我有种奇妙的“昨日重现”的错觉，我肩膀颤抖着，加快脚步向上爬。

残留在苔藓上的夜露闪耀着点点晶莹的光芒。我差点儿滑倒。

杂草也湿漉漉的，让人脚下不断打滑。

我脚边有一些虽还油亮却正走向腐烂的落叶，还有刚刚绽放的小白花。

没过多久，我来到了那块视野开阔的地方，那个能眺望到大海、渺小又肮脏的城镇——如破旧景观盆栽的地方。那张被弃置不管的长凳依旧倾斜着，好像一半已经腐朽老化了。

海——

跃跃欲升的朝阳点亮了大海，海面闪烁着青白的光辉。

我觉得，此景甚是美丽。

“还好吗？小渚？”

我听到一个声音。

抬起头，走在身旁的友彦边发问边注视着我。

我大口地深呼吸。

“嗯……”

我对一脸担忧的哥哥点了点头，更加快了步伐。

然后，

我回想起了那天……

看到那些东西时的情形。

慌张失措的藻屑一边大哭一边对不停干呕的我道歉：“对不起，山田渚，对不起……！”她用手抚着我的背，抽噎着，还紧紧抓住我的手臂，又不知为何拿起矿泉水哗啦哗啦朝我的后脑勺胡乱浇下去。

那堆东西，黑色的部分是略带光泽的短毛，那是只拥有像天鹅绒一样的美丽皮毛的狗。红色的部分则是被砍柴刀猛力剁开的地方。狗被粗暴地砍成四截，整齐地堆放在一处，最上面摆放着狗头。

耷拉着的大大的耳朵。

长长的舌头，像另外一种生物似的垂在那儿。

无数大苍蝇聚集在那里，嗡嗡地叫着。

惊慌恐惧的藻屑用极快的语速说道：

“还不是因为山田渚说要看的。那是波奇哟。到昨天为止还活着呢。昨天在超市遇到山田渚的三十分钟前，它还活着的。爸爸用水泥方砖殴打它，脑浆出来了，好像死掉了。爸爸想要抬起它，但它太大了，根本挪不动。爸爸虽然十分冲动但没什么力气，所以我们俩出门找砍柴刀。总不能把脑浆迸裂的生物放在家里吧。对不对？”

“呃……呃……”

“山田渚，打起精神！”

我只是没完没了、无休无止地哭，我哭啊哭啊，藻屑也哗哗地流泪，不断向我道歉。

“对不起，对不起，对不起……！”

“……我说，你……”

我浑身发软，总算挣扎着站了起来，大口地喘着气，我打量着藻屑的脸。她那双似乎会把人吸进去的乌黑深邃的大眼睛，毫无遮掩地、坦诚地直视着我，透明的泪珠一串串不停地掉落下来。我们在四分五裂的大狗尸块前凝视着彼此。

“你，你很疼爱那只狗吧？”

藻屑讶异地歪了歪头说：

“嗯，是啊。因为是从小狗开始养的。”

“现在几岁？”

“两岁，还是年轻的狗。”

藻屑低声回答，哭着哭着却突然莞尔一笑。

我踉踉跄跄地靠近那堆红黑相间的东西。

那儿放着一张纸，上面写着“永别了，波奇”，字迹特别丑，完全像小孩子的字体，但能感受到是用心认真写的。

我愣在原地。

“……为什么？”

我转过头问藻屑。

藻屑纹丝不动。她时常会装聋作哑。没有丝毫反应。我又重新问她：

“为什么？”

藻屑依然没有回应。我一转身开始往回跑。我要下山。藻屑拖着脚从后面追上我。

“山田渚？干吗跑啊？喂！为什么逃跑？”

我没理她，脑海里开始反复播放海野雅爱的成名曲《人鱼之骨》的第三段，第三段的歌词……对，问题就出在第三段歌词上。那简直像是一段描述杀人分尸的歌词。我脑子里响起的就是那首唱着要剁开人鱼做成生鱼片吃的歌，还有将这诡异变态的歌演唱成伤感情调叙事曲的、那个年代久远的怪诞乐队。

藻屑不知怎的突然惊慌地大叫起来：

“不是我！不是我！”

“啊？！”

“是爸、爸爸。不、不是我干、干的！真不是。不是我……！真的……！”

这、这我当然知道！

我停止奔跑，改成快步往山下走。我感觉到背后的藻屑一会儿摔跟头一会儿滑倒在地，却一直拼命地紧跟着我。她时而大叫“我陷进坑里啦”，时而唱起荒腔走板的歌。

“啊，幽灵！你看，在那儿！”

我不理不睬，继续向前走。

慢慢地，藻屑也老实了，垂头丧气地跟在我后面。

天色渐渐暗淡，气温也跟着降了下来。

“山田渚，好冷。”

“……这个你穿吗？”

我从包里拿出为了对付电影院里超强空调而准备的薄线衫，藻屑如获至宝似的接过那廉价的黑色线衫。那衣服一旦上了藻屑的身，就变得像品牌货一样有质感。可能很中意它吧，藻屑特别开心地说：

“喂，这衣服可以给我吗？”

“……不行！”

“哼！”

藻屑的腮帮子气得圆鼓鼓的。

接着，她又开始咕嘟咕嘟地喝起矿泉水。

我第一次感觉到：啊，原来海野藻屑比我还不幸。

我觉得她可怜。在此之前，我对她只有排斥的情绪，把她看成蜜罐子里泡大的千金小姐，我认定她这种人不可能理解我的痛苦，对她满心愤懑——我内心的这些堤坝瞬间崩塌。我第一次产生了“海野藻屑是我朋友”的念头。

然而，同时又有一种的厌恶感涌向我，这种类似自我厌恶的情绪撕扯着我。因为在我对藻屑同情中，掺杂着我可笑的优越感，这让我讨厌自己。我……

那时看到的，那个东西。

还有，这条当时我仓皇逃离的，蜷山的隐秘小径。

我脑中一边反复播放着那天的情形，一边继续默默地往山上走。

白花花一片的海面，反射着耀眼的朝阳。脚下踩着的潮湿溃烂的落叶，发出令人难受的声音。生苔藓的地方越来越多。表面凝结了一层露水的岩石，泛着湿漉漉的光。

这是十月四日的早晨——

走在我身边始终保持缄默的友彦，突然开口说：

“小渚……”

“嗯？”

“小渚，‘斯德哥尔摩综合征’这个词你听说过吗？”

我摇摇头。

友彦淡淡地说：

“这是一种绑架案受害者会陷入的心理状态。这个词的命名来自发生在斯德哥尔摩的真实事件。比如被绑架的人质……”

友彦用沉静的语声聊起关于绑架的话题。

森林被清晨的露水浸湿，包裹在一片寂静之中，令我的身体感到微微的寒意。

……我连滚带爬地逃离蜷山，一路向山脚下冲去，终于逃到夕阳下龟裂的柏油马路上。我完全不理会跟在身后发出各种怪叫的藻屑，径直走进路边一家模样奇怪、出售酒水又兼卖日用百货的破落小店里，买了瓶果汁，再踉踉跄跄地走出来。藻屑也正拿起矿泉水瓶补充水分，她仰起头像对着淋浴龙头似的把水灌进喉咙。站在藻屑旁边气喘吁吁、心脏怦怦狂跳的我，也打开易拉罐的拉环，喝了几口。

我这才稍微放松了下来。

我和藻屑互不言语，就这样站在路旁好一阵子，专心致志地补充水分。日落西山，天色愈加黯淡，夏日的黄昏亦随之结束。蜷山仍旧岿然不动，在夕阳的笼罩下晕染成一片橘红色。

我缓缓迈出脚步，因为想着必须赶回家做饭。可是，此时我又感觉到“现实”竟是如此遥远的东西。做晚饭？这种时候居然还有心思做晚饭？——这样的想法在我心中浮现。

我在昏暗的道路上迈步前行，对面有辆自行车闯入我的视线，骑车人剃着寸头，身穿T恤和牛仔裤，脚上一双旧运动鞋——是花名岛。花名岛没注意到我们俩，直到擦肩而过的瞬间才发现。

“咦？”

他惊讶地叫出声，自行车在刺耳的刹车声中停了下来。

他百思不得其解地看看我，又看看藻屑。

“你们两个在搞什么？！”

我答不上来，只是耸动肩膀大口喘气看着花名岛。花名岛先冲着我发问：

“你不是回去了吗？”

接着又盯着藻屑问：

“你……为什么在这儿？”

面对无法作答的我们俩，花名岛的脸色渐渐难看起来。温热的风拂动我们的头发和裙摆。花名岛终于狠狠撂下一句话：

“你们这俩家伙，太差劲了！”

“不是……”

“合伙捉弄我是吧？什么变成泡沫消失！开什么玩笑！”

我慌忙试图解释：

“花名岛，不是……”

花名岛不听我分辩，用力蹬着自行车绝尘而去。我试图叫住他却浑身无力，发不出声，只能怔怔地目送着因误会而受伤害、愤怒不已的那个邻桌男生离去，心中空落落的。

藻屑调皮地笑着说：

“坏了，露馅了。”

不知为何，她似乎乐不可支，仿佛开心得要唱起来似的。

筋疲力尽的我踉踉跄跄回到家，玄关的门开着，快递正在送什么东西过来。友彦从快递员手上接过一个大得离谱却看起来很轻的箱子，手伸进口袋很随意自然地掏出一万日元的纸币，一张、两张，他数了三张交给了快递员。友彦没有信用卡，确切地说是无业人员无法申请办理信用卡，所以总是用货到付现的方式进行网购。

那三张纸币可是相当于我们一家三口一个月的伙食费，就这样交换了一个大而轻的纸箱，并潜藏进快递员的钱包里。友彦拨弄着长发朝我看过来：“回来啦，小、小……”他说到一半便目不转睛地盯着我的脸。

“我回来了。晚饭、现在、就、去做。”

“小渚？”

友彦惊慌失措地将手中大而轻的纸箱从玄关随手抛进房间里，又推搡着快递员的肩膀，十分粗暴地把对方赶了出去。然后他将手放在刚进家门的我的肩上，捋了捋头发，认真地观察我的脸。

玄关的门慢悠悠地关上，闭合的那一刻发出“啪嗒”的声响。

“怎么了？小渚？”

“刚才，就今天，那个……”

我语无伦次。在看到哥哥的那一秒，高度紧张的我脑子里紧绷的那根弦“啪”的一下就断了。我反复张开嘴巴，再闭上，吸气，擦泪，然后一头倒进清瘦的友彦那瘦骨嶙峋的胸口，浑身颤抖。友彦把我紧紧抱在怀里，安静地，久久地，一动不动。

终于平静了下来。我断断续续地讲述今天出门以后发生的所有事，友彦依旧坐到他房间里的那把椅子上，一脸严峻地倾听着我的话，时不时也点头回应。平时我行我素只活在自己世界里的哥哥，这次却截然不同：他没有如往常一样中途打断话题戴上耳机，并径自关上拉门丢下一句“回见，小渚”。现在，他关切并忧虑地直视我的脸，点着头，表情严肃而真挚。

我终于讲完了。友彦低声冷静地说：

“那只狗的事情真太恐怖了。”

“……嗯。”

“是件既离奇又可怕的事。小渚受到惊吓也是理所当然的。”

“嗯。”

友彦默默地抚摸着我的头，直到我的情绪稳定下来。大约过了三十分钟，我总算平复了心情，脸色也恢复到正常状态。友彦客气地用柔和的声音对我说：

“小渚。”

“嗯？”

“如果，如果你的情绪已经稳定的话……”

“怎么了？”

“我想聊一聊关于‘心理误导’[1]的事。”

我擦了擦眼泪，看着友彦。

友彦望着我，满眼关切。我不太懂他说的是什么意思，又问他一遍：

“呃，什么？心理……什么来着？”

“嗯，心理误导。换句话说就是‘心理学上的骗术’。”

友彦站起身，捡起刚才随意扔进房间的网购的纸箱，噼里啪啦开始拆箱。什么拐杖、魔术师帽子、像鸡蛋一样的东西，还有些看不懂的物品一个接一个从箱子里冒了出来。我很惊讶，而友彦却优雅地

1　原文为：サイコロジカル·ミスディレクション（psychological misdirection），心理学上称为“心理误导”，常用于魔术表演。用某一个事物吸引观者的视线，意在分散对视野内其他事物的注意力，从而误导观者相信自己所看到的即为不争之事实。

笑着说：

“我本来在研究魔法，然后对魔术也产生了兴趣。古代被称为魔法师的，似乎也就是现在的魔术师吧。两者间唯一的区别，无非一个是变戏法耍把戏，一个以魔法巫术的名义骗人罢了。小渚，那个孩子利用的就是心理误导哟，变魔术时经常使用的初级技术。如果她是在你逼着她消失一次看看的时候，情急之下想出这个把戏的话，那她还真是个相当有创意、相当有趣的孩子呢。”

友彦拿起一张面巾纸，皱巴巴地揉成一团，并让我清楚地看到它。友彦咳嗽了一声，然后双手合十念叨起像咒语的东西。再将两手分开，用力握紧拳头，问：

“你猜纸团现在究竟在哪只手里？”

“咦？不、不知道啊。”

“猜猜看嘛。”

我挺犯难的，却也只好硬着头皮指着他的右手猜：

“嗯，这只手吧？”

友彦静静地打开手掌给我看。右手是空的。

“那就是左手咯？”

左手也摊开了，也没有面巾纸。

友彦微微一笑，用手指着我身后。原来纸团落在我背后的地板上。我呆愣地看着友彦，他说：

“刚才，在给小渚看了手上的纸团以后，我是不是咳嗽了一声？那时就已经悄悄地将纸团扔到小渚背后了。双手合十的时候手中就已没有纸团啦。”

“啊，哦……”

友彦接着将手伸进口袋，掏出一枚五百日元的硬币。

口中念着“用咒语的力量让它消失”，又一边咳嗽一边将硬币从左手换到右手。念完咒语张开左手，硬币消失不见了。我指着他的右手说：“那就在这边吧？”友彦随即摊开右手，右手里也是空的。

“咦？究竟去哪儿了呀？”

“藏在这里的哟。”

友彦从右手衬衫袖口里拿出了硬币，对呆若木鸡的我说：

“这就是‘心理误导’。”

“哥……不好意思，我完全不能理解。”

“其实这就是利用心理盲点的骗术。是魔术师的一贯套路。也就是说，关于魔术的戏法和谜底，如果把向观众宣称‘接下来的表演很关键，一定要注意看哟’的时间点叫作零起点，魔术师在这个点之后是不会使用戏法的，因为此时戏法伎俩早已完结了。当观众在思考‘纸团总应该在哪只手上’的零起点时，事实上纸团早就被转移到遥远的地方了。在硬币应该从左手消失的这个零起点，其实已经转移到了右手，你专注看左手时，我再将右手藏进衬衫袖子里。当然我的魔术还很拙劣，毕竟这才是第一次实践挑战。”

“是这样啊，哥哥可太厉害了！”

“谢谢小渚。”

友彦微微一笑。

然后像疼爱小孩子般摸摸我的头说：

“不被识破的秘诀呢，就是在零起点时故意表示马上要念咒语，从而引起人们的注目。但到了真正做手脚的场景时，就像我刚才那样咳嗽几声，转移观众的注意力。小渚，你朋友用的伎俩，就是这个哟。”

我陷入沉默。

回想起那个时候……

藻屑当时反复强调说“进了家门一分钟后，就会变成泡沫消失”，且不时地瞄一眼手表。然后她走进家里，一分钟后，我们搜遍家中上上下下都不见她踪影，而玄关以外的出入口全部是从内侧锁上的。

“那孩子进家门的时候，发生了什么？小渚，你仔细回忆一下。”

对了……

那时正好是下午五点整，从某个地方传来报时的钟声。藻屑朝声音的方向转动了一下头，我和花名岛也都在那一瞬间看向远处的天空。

当我们将视线转回到玄关时，大门砰的一声关上了。

之后我们等了一分钟。

“……哦，是这样啊。”

"是的。那个报时声的作用就相当于咳嗽。那孩子肯定看着手表，算准了五点会有报时声，伺机而动。她打开门，转头寻找报时钟声，误导你们的视线。她家门前有一排低矮的树篱吧？那孩子手松开大门后就悄悄躲进了树丛里，她其实根本没有进家门，门是自动关上的。关键的时刻不是始于一分钟之后，她早就在吸引人注意的零起点之前，完成了最重要的障眼法。一定是这样的，小渚。肯定没错。"

友彦扑哧一笑。他搂住惊魂未定的我，温柔地环抱住我的头，轻声说：

"你心里好受点儿了吗？"

"嗯、嗯……"

我真的不是很懂。当哥哥揭秘了藻屑玩的把戏后，我觉得不过如此而已，心里竟轻松了许多，可同时又有一点儿失落。我搞不懂自己的情绪。

我感到自己被捉弄了。

这让我感到莫名焦躁。

我闷哼一声，一骨碌滚倒在友彦房间的地板上。友彦则把刚买的魔术用品拿出来，随即一脸认真地变了一个从拐杖里取出花朵的魔术。

我瘫在地上，脑子里反复念着：得做晚饭了！晚饭、晚饭、必须做晚饭！终于我“噌”的一下爬起来走向厨房，以比平常还要快的速度“咚咚咚”切起了菜。

第二章

我和糖果子弹，孤单的二人组

“小渚，‘斯德哥尔摩综合征’这个词你听说过吗？”

我摇摇头。

友彦淡淡地说：

“这是一种绑架案受害者会陷入的心理状态。这个词的命名来自发生在斯德哥尔摩的真实事件。比如被绑架的人质……”

友彦用沉静的语声聊起了绑架的话题。

森林被清晨的露水浸湿，包裹在一片寂静之中，令我感到微微的寒意。

陡峭的山路十分难走，蕨类植被和树根缠绕在一起，时不时绊住我，让我险些摔倒。清爽的白色朝阳从森林上空轻轻洒落，湿润的空气中蕴藏着静谧的、不安的、清晨的味道。

十月四日的早晨——

友彦边走边往下聊。

“比如说，遭到绑架的人被剥夺了自由，甚至连思考的能力都被夺去，就这样，一天天和犯罪分子在狭小的密室里生活……”

“嗯……”

我和友彦走上了布满青苔的野径。我们俩加快步伐，以稳定的速度向前迈进。

我漫不经心地倾听着友彦说话。哥哥的嗓音清澈，连我的耳朵都感到清爽。

“所以说啊，小渚，比如宗教团体、心理自助集训班、企业的新员工培训等，运用的都是同一个手法。先把人的脑子掏空，把人变成空壳，再将新东西注入进去，彻彻底底填满这个人。填充的要么是宗教的教义，要么是全新的自我认知，或者是对企业的忠诚等……”

“嗯……”

“在拐骗和绑架事件中，受害者对罪犯产生同情心和效忠情感，也是一种洗脑。受害者越是长时间被控制人身自由，获救后反而对犯人产生同情和支持，甚至到了法庭都会一再发表为犯罪分子辩护的言论。”

小鸟啾啾地鸣叫着。

朝阳的光芒一点点渗入森林，周围逐渐明亮了起来。空气中飘浮着泥土和落叶开始腐烂的气味。天空万里无云，澄澈又高远。

“曾经在美国发生过一桩案子，富家千金小姐遭到恐怖分子绑架而行踪不明，几个月后，她竟然以恐怖分子同伙的身份明目张胆地参与犯罪活动，犯罪行为被监控摄像头拍下，扩散传播至全世界，给社会造成了巨大的冲击。”

“嗯，噢……”

我不太理解他究竟在说什么，茫然地扫一眼友彦的脸。山路愈发陡峭了，我心中明白，我们已经一点一点接近那个地方了。

友彦的面部表情似乎离平日优雅的贵族气质越来越远。往这蜷山上多爬一步，友彦的脸色就随之发生变化，但他自身并没有察觉到这一点。

友彦继续说道：

“在我看来，遭受虐待的儿童表现出的症状，某种意义上也应该属于‘斯德哥尔摩综合征’。在长期被软禁虐待的生活中，实施虐待的加害者是自己必须去爱，也本该爱着自己的亲生父母。事情会变成怎样？他们的情绪会变得比正常儿童更激烈，更悲伤，更眷恋父母。他们不仅不会说父母的不是，有的甚至责备自己不够好。所以，儿童虐待很难被发现。由于被虐孩童的大脑不断进行错误的运转，他们甚至会对残酷无情的父母产生强烈的依恋。这就是悲剧所在。”

我抬起头，懵懂地看着友彦的侧脸。

啾啾啾……鸣叫的小鸟栖息在十分高远的枝头上，声音在树林里回响。

这森林潮湿、昏暗、布满苔藓。

“嗯……”我点头回应。

不知怎的……我感觉自己好像理解了友彦刚才的那番话。

小鸟又啾啾啾……地唱个不停。

我沉默不语继续向前走了一段路，想了想，又向前走，再思索了一下，然后小声地回应友彦：

“哥……”

“嗯？”

“你说的是谁，我知道了。”

自从那天在蜷山目睹了被砍柴刀剁开的狗，呕吐不止以后，我即便在学校和藻屑照面，也只是没精打采地打个招呼，与她保持着距离。不是因为藻屑做错了什么，也并非我对她有怒气，只是……确切地说，见面就觉得尴尬。

虽然从未和家人或朋友提起，其实我对自己的境遇感到相当不满。而这种不满，或者说不幸，不知不觉中似乎变成了我自身的性格特质，抑或成为了自己的人设。我是不幸的，我是可怜虫，这些自我暗示的想法支撑着我，也跟我对未来人生的所有规划息息相关。

对于让“我很不幸”的认知深深扎根在脑子里的我来说，或许要比我不幸好多倍的海野藻屑——一出生就被赋予如此怪异的名字、父亲是知名歌手、她本人容貌漂亮——的存在，对我内部的某些部分构成了威胁。当然这一切不是藻屑的错。藻屑一如既往地行为乖张，咕嘟咕嘟地喝矿泉水，有时学弟学妹或其他班级的同学听说海野雅爱的女儿在我们班，便特意来教室张望并低声私语："真漂亮啊……"但藻屑对此仍是一副毫无兴趣的样子，孤单地坐在后排的座位上发呆。大概每隔一天，当我准备回家时，后背都会遭到矿泉水瓶的投掷攻击。被砸后我会转过头，捡起落在地板或水泥地上的瓶子，走过去递给藻屑，然后转身继续往前走，这样的情节不断重复上演。就这样日复一日，九月就快结束了。某天放学后，藻屑一副欲哭无泪的样子接过了我递还给她的矿泉水瓶，然后对着转身离去的我，再一次用尽全力向我的背部发射出齁甜的子弹：

"山田渚，暴风雨快来了！"

"才不会来呢。"我头也不回地撂了一句。

藻屑较起劲来，哧啦哧啦地拖着那条腿，跟在我身后说：

"真的会来哟。从十月三日黄昏到第二天清晨，有超级暴风雨，是天气预报里没有报道的狂风暴雨。

十年一度的暴风雨就要来了。船会沉没，海岸线会歪曲变形，全世界大海里的我的同伴都会回来呢，因为我是人鱼公主……”

“你给我闭嘴！不要说船的事！”我怒气冲冲地转过头对她吼道。

藻屑茫然若失，小声嘟囔着：“为什么对我发火啊？山田渚。”一副下一秒就要哭出来的样子。

如果可能的话，我真想好好跟她说明一番：我爸爸和船一起消失在大海里这件事，竟然被你拿来编鬼话，你不知道那些胡言乱语对我而言是多么大的伤害？！可我又觉得藻屑无法理解这些，所以什么也没说。看着藻屑那张快哭的、别别扭扭企图不断发射糖果子弹的脸，刹那间，我莫名地涌起“啊……这个人是我的朋友”的念头。我背过身向前走，走了一会儿回过头，对如孩童般抽抽嗒嗒哭泣着的藻屑说：

“喂！要不要一起去照顾小兔子？”

“……要！！”

藻屑大叫着回应，拖着腿赶了过来。她一瘸一拐地跑到我面前急刹车似的停下，笑嘻嘻地露出开心的表情。

在兔舍，藻屑鬼鬼祟祟地眯着眼睛，盯着大口大口啃卷心菜的兔子看。她模仿我的样子打扫小屋，却不是摔倒，就是弄脏校服，搞到最后还抱着头烦躁地发出“啊——”的叫声。

“怎么了？”

“兔子虽然可爱，但很臭嘛。”

“那可不，要说人类也挺可爱，可不洗澡也会臭啊。”

“嗯……”

“不过友彦……就是我哥哥，一星期只洗一次澡，可一点儿都不臭呢。”

“什么情况啊？你哥哥真厉害，都不会臭啊。”

“完完全全不臭呢，甚至还散发清爽感，属于王子一样的人物。”

藻屑盯着毛茸茸的白色小兔子，点点头，又抬起头，用看兔子的安定温和的表情对我说：

“山田渚，你喜欢照顾兔子吧。”

“嗯。”

“也喜欢照顾哥哥吧。”

“呃，嗯……”

“山田渚是负责饲养动物的。”

我心里烦乱不安，接着便一言不发继续打扫。兔子们根本不在意我的举动，它们一如既往地拉屎，吃胡萝卜，在角落小憩片刻。

全部收拾完后，我站起来催促藻屑一起走出了小屋。藻屑用不可思议的表情看着我给小屋挂上数字密码锁。

“噢，对了，藻屑，”我一边上锁，一边对她说，“友彦识破你的手法了。”

“什么手法？”藻屑一脸不解地问。

“你变成泡沫消失的那个方法。”

“泡沫就是泡沫哟，山田渚。”

“不是，那是你的小把戏。友彦说你是个很聪明的孩子，他似乎很看好你。”

“我可不看好他！什么嘛。”

藻屑不知是出于愤怒还是嫉妒，脸颊变得通红，狠狠地踢飞脚边的小石子。我笑着说：

“心理误导。他说你用了心理学中的障眼法。”

“哈哈哈，哈哈哈哈哈。”藻屑开怀大笑起来。

她仰着头一边笑，一边哧啦哧啦地拖着腿脚离开校园。“哐当——”，棒球队那边传来的击球声还有喊话声，从校园中央传遍四方。我隐约感到有一道视线，便顺势回头看了过去。那儿有个头戴棒球帽，身穿棒球服，脚踩钉子鞋的寸头男孩一直盯着这边看。好像是花名岛。不过不太确定。我的胸口一阵刺痛袭来。

藻屑笑着说：

“山田渚的哥哥，肯定和我看的是同一个网站吧。”

“网站？”

“现如今，要想博学多识就得上网呢。山田渚，转告你哥哥一下哟。”

“转、转告什么？”

“下一次绝对不让他识破。我会完完全全化作泡沫哟。”

藻屑一边用魔术师挑衅观众的作秀口吻说，一边嬉皮笑脸地直视着我。

诡异的事件接二连三发生，是从第二天早晨开始的。

为了照顾兔子，我比上课时间早了一些来到学校。横穿过校园，看到一个穿着夏季校服的男生，站在兔舍前。

是个寸头。随着我渐渐走近，发现他就是花名岛。早晨我的大脑还有点没完全“开机”，迷迷糊糊走过去，正打算问一声：“怎么，来晨练？”却看到花名岛手里攥着个什么东西——

白色的东西。

我看出那是蓬松柔软的毛皮，以为花名岛抓着一只兔子。怎么可以用如此粗暴的方式抓兔子？我气得直冒火，加快脚步走近他。然而逐渐发现，兔子的形状很奇怪。

白白的，圆圆的，毛茸茸的——

但是，没有头。

我惨叫着奔向花名岛，再冲进兔舍，眼前状况惨不忍睹。本该上锁的门大敞四开着，里面一片血海。好几只白兔瘫倒在地，空气里充斥着温热的血腥味，还有很多男生的鞋印，可能是花名岛踏进去时留下的。

“……就这只没有头。”花名岛用嘶哑的声音说。

我转过头去，那个邻座的寸头男孩正脸色铁青地看着我，举起攥在手里的兔子躯体给我看。

“找过了，就只有这一只没有头。山田……”

我说不出话来，抬起头望向花名岛惨白的脸。

我和花名岛被带进校长室隔壁的接待室，接受校长、保健老师和班主任的问话。在这过程中，兔舍已经被人用蓝色防水塑料布围了起来，上午的课开始了，而我们俩被丢在那儿无人问津。

花名岛笨嘴拙舌。他本是为了参加棒球队的自主训练才提前到校，却撞见了那个场面。花名岛只是不断重复地说：“没有头，就一只，没有头。”我强忍快要掉落的泪水，呆坐在花名岛身旁。

直到午休时间，我和花名岛才终于可以回到教室。花名岛一直沉默不语，可走进教室后，就被躁动不安的映子他们围住问东问西，花名岛回答完便回到座位上，失神地望着前方，然后……突然站起来。

花名岛转过身。

“喂，海野。”他声音低沉。

藻屑正站在窗边，没精打采地托着脸颊。窗外有绿油油的稻田和长长的破旧柏油路，远处大海的表情显得比平时更憔悴灰暗，海浪来来回回拍打着海岸。

一直出神凝望着大海的藻屑，过了好一阵子才意识到有人喊自己的名字。她慢悠悠地，满脸不解地转过头来。

“那个脑子坏掉的女的！”花名岛粗声粗气地叫道。

我吓了一跳，连忙想要拦住花名岛。

可花名岛一把将我推开，对藻屑说：

“海野，是你干的吧？”

教室里一片哗然。

“我早上看到了！你这个混蛋，平时上学不是踩着点到，就是彻底迟到，今天倒是来得很早。”

藻屑皱起眉头。

花名岛情绪激动地走向藻屑：

“你这混蛋昨天看到山田给兔舍上锁了吧？所以你知道了怎么开锁。然后今天早上提前来学校，打开门锁，杀了那些兔子。你不就是想引起山田的注意吗？我说的对吗？你为了吸引山田的注意可是什么都干得出来啊！”

我走近他们俩。

花名岛的脸被怒火和焦躁染得通红。藻屑则相反，她冷静地抬起头，用瞅智障的眼神看着花名岛，说：

“干吗这么生气呢？”

“……看到你这家伙我就来火！”

“那何必约我去看电影啊。”

教室里骚动起来。果然对藻屑而言，她根本分不清什么话能说，什么话不能说。我正打算阻止她时，藻屑又接着说：

“你的名字我记住了哟，你叫花名岛正太。连你的生日我都知道呢。是五月二十七日，对吧？”

花名岛惊愕到屏住了呼吸。

他涨红了脸，一句话也说不出来，只嘟囔着发出“啊……唔……”之类的声音。藻屑则毫不在乎地用没有抑扬起伏的声调继续说道：

“山田渚很喜欢花名岛正太呢。我昨天都查清楚了。我翻了班级名册，心想莫非哪位男生的生日是五月二十七日？结果果然不出我所料。知道我为什么这么推测吗？那个兔舍的密码锁……”

藻屑，别说了……我在心中默念。

藻屑的脸上浮现出胜利的神色，接着说了下去：

“开门密码就是527。密码是山田渚设定的吧。花名岛，你居然还拜托山田渚帮你和别的女生牵线搭桥，由此可见，你的‘脑回路’真够‘清奇’的。对了，如果花名岛正太早就知道山田渚的心意，那也一定可以破解门锁密码吧。花名岛正太，我可是有所耳闻，据说兔舍里到处是第一个来到案发现场的男生的脚印，而且他还浑身沾满了血。万一闹到警察那儿就麻烦了。”

“你、你这个、混蛋……！”

藻屑的脸上露出令人憎恶的笑容。随着邪邪的笑愈发强烈，那么纤细柔弱的她，此刻竟仿佛全身充满了毒素。花名岛突然咬牙切齿地挥起长长的、久经棒球运动锻炼的手臂。

只听到一声闷响，藻屑一声不吭地倒地。

只见花名岛骑在跌倒在地的藻屑身上，左手揪住她的制服领子激烈地摇晃，再高高举起右手，握紧拳头，一拳、两拳、三拳、四拳……那些拳头带着怒火，一发不可收地落在藻屑苍白又美丽的脸蛋上。

教室里回荡着映子凄惨的尖叫声。

我动弹不得，因为心里充满了屈辱和羞耻，感到今后再也没有颜面来学校了，同时对藻屑的言行极度愤怒。但跟这些相比，最让我震惊恐惧的是性情骤变的花名岛。我从没见过这样的花名岛……不，应该说从没见过一个人对他人实施暴力的模样。当然在电影或漫画中会经常看到残酷的剧情，通过电视新闻也会知晓遥远国度的战乱，对一些出人意料就在附近发生的奇案凶案的消息也有所耳闻，但如此近距离的施暴场景……

我颤抖着，上下牙直打架。

藻屑的黑色刘海在动，我看到她睁着大大的眼睛。

她悲戚无助地望着虚无的空中，居然毫无抵抗还手之力，像个破损的苍白洋娃娃，无力地耷拉着四肢瘫在原地。

我突然明白过来——

藻屑，她在静静等待这风波平息。

她没有选择抵抗和逃跑，而是默默等着花名岛发泄够了，自然而然收手的那一刻。藻屑知道暴力早晚会结束，如若熬不到结束，那就只有死——她早就参透了。不，应该说：她早就习惯了。

我看了看花名岛。他的眼里满是失控的疯狂，挥向藻屑的拳头越来越用力，完全看不出停手的迹象。束缚着我的魔咒解除了，我大声尖叫着冲向花名岛的背后，试图抓住他的双臂将其反扭过来，但我惊呆了，和他的臂力相比我这点动作简直是蝼蚁撼大树。当我知道自己无力阻止，就高叫着挡在花名岛和藻屑之间。

“快住手！别打了！藻屑会死的！”

我一把抱住瘫软虚弱的藻屑，浑身颤抖着回过头看看花名岛。眼前的花名岛，与其说是和我挺合得来的邻座同学，不如说是教科书上的某种有着怪诞表情的金刚塑像，有着一副又红又黑的怪异面孔。他正举起拳头准备挥向挡在他前面的我的脑袋，而当和我四目相对时，他仿佛恢复了理智，然后就缓缓地放下了拳头。

“花名岛……”我哭了起来。

花名岛缓慢地收回手，如女孩一般柔弱无力地摊开手掌捂住了自己的脸。

花名岛哭了。他低声呜咽着，咸咸的泪水从指缝间滴答滴答落到我脸上。

一阵急促纷乱的脚步声，不知是谁叫来了班主任，老师飞奔了进来。映子激动地跟老师讲着什么。

我边哭边问：

“花名岛……为什么？究竟为什么呀？”

“呜、呜呜……”

只有低低的、沉重的呜咽声落在我耳朵里。

“为什么要打你喜欢的女孩？真不懂你！为什么要做这样的事？花名岛，你分明那么喜欢海野藻屑，为什么……”

老师粗暴地拽起花名岛，将他拖出教室。花名岛踉踉跄跄地离开了。几个女同学扶起藻屑，带她朝保健室方向走去。藻屑张着嘴巴，有个像珍珠的东西“啪”地掉落在地，映子将它捡了起来。是颗牙齿。紧接着从藻屑毫无血色的嘴唇里哗啦……涌出鲜红的血，还有凝固的血块从鼻腔里掉了出来。

好长一段时间藻屑都处于意识朦胧的状态，不能开口说话。我知道她口腔里大概有伤。坐在保健室床上的藻屑，越是被保健老师叮嘱“嘴巴会痛，别说话”，越是想要讲点什么，她抬起头看着我的脸说：

“杀掉兔子的，不是我啊。”

“嗯……”

“是花名岛，就是花名岛干的。那个花名岛……”

她带着憎恶的口吻，开始说花名岛正太的坏话。我只是对她说“藻屑，别说话”，并紧握着她微微颤抖的苍白的手，静待学校请的医生到来。

医生终于到了，让藻屑提前放学回家，并叫我去教室拿她的书包。下午的课已经开始了，我悄悄走进教室，众目睽睽下拿起她的书包、我的书包，稍微想了想，也拿起花名岛的书包，走出了教室。

我带着三个人的书包经过走廊，下楼梯。

总感觉从哪儿飘来一股腥臭味，便是那个时候。

我吸着鼻子到处嗅，看看前后左右想找出臭味源头。可走着走着，那味道像一直追着我似的。终于，我发现气味源头就是自己手里的书包。

是血腥味……？

我放下自己的书包，心中默念着“不好意思”，然后打开了花名岛的书包瞧一瞧。里面放着教科书、便当和换洗衣服。

当我刚刚打开藻屑的书包……就发现有个白色

的东西探了出来。

还要不要继续打开呢？我犹豫了。

那个白色的物体毫无悬念是兔子的耳朵，我决定扣上藻屑的书包。回到了保健室，就像绷紧的弦已经断掉，藻屑精疲力竭地在那儿睡着了。站在床边的我，低头看着这个可怜又残酷的朋友那张如梦幻一般苍白又美丽的睡脸。我在想，无论海野藻屑脑筋多不正常，或者她是携带糖果子弹的恐怖分子，我对她都恨不起来。我只是，非常担心她。

花名岛在校长室挨训，有人传话来叫我作为知情者也去一趟。我拎着花名岛的书包走进了校长室。校长、教务主任、年级主任和班主任都在里面，花名岛则直立不动地僵在那儿。

老师们让我把事情说清楚，我则将整件事简化到最小限度，只交代：花名岛说兔子是海野藻屑杀的，藻屑说是花名岛杀的，两人因此吵得不可开交。此时的花名岛像丧家之犬一样沮丧颓废，跟刚才那个骑在女孩身上如恶魔般挥舞拳头的男生判若两人。

最终，花名岛得到的是被棒球队开除和停学一周的处分。我先走出校长室，只听见身后班主任不合时宜地调侃了一句："喂，花名岛，这下终于可以留长头发了吧！"随即被年级主任批评："好好的成年人，怎么讲话还是没分寸啊。"

我拖着沉重的脚步走在过道上。

到了保健室，保健老师让我先回家。我想着藻屑可能要有一段时间不来学校，便在纸条上写下自己家的电话号码，放在她枕边。我是班上极少没有手机的人，是个害朋友要小心翼翼打电话到我家问"请问山田同学在家吗？小渚在家吗？"的没用的中学生。

我是天生的动物饲养爱好者，进入中学的这一年半，一直状态稳定的兔舍是我心灵的寄托。可现在，小屋里所有的生命都去了另一个世界，只剩下覆盖在上面的蓝色防水塑料布。悲伤袭来，我甩开手转身离开。穿过校门，我快步走在乡间小路上。破旧的柏油路面不是这儿开裂，就是那儿隆起，竟然还有杂草从路面底下钻出来露个脸。能像它们一样死皮赖脸地生存下去该多好啊，我边想边轻轻踩了踩那些杂草，很坚韧，一点儿问题没有。

耳边一阵轰隆轰隆的响声，破败的卡车从我身边慢慢驶了过去。司机是一位貌似已经到了不用再出来干活的年纪的白发老爷爷，他哼着歌，开着车。不景气的经济形势也侵袭着乡村的农业。这一片的农家几乎都兼职副业。青壮年男子大多都去市政府或车站工作，留下来拾掇农田的则是上了年纪的爷爷奶奶和媳妇。

一步一步踩着星星点点冒出的杂草向前走，听见身后传来脚步声，有人在追赶我。我惊得肩膀颤抖，加快了步速。

追赶上来的家伙怯怯地开口叫道：

“山田……”

我不得不停下脚步。原来是花名岛满面愁容地站在那儿。

远处传来市政大楼发出的准点钟声。下午五点了。

我们俩拖着疲乏沉重的脚步并肩向前走。

“山田，我的，呃、生日的，那个，锁……”

“……那纯属藻屑乱猜。我只是随便设定了个数字而已。”

“噢，这样啊……我就说嘛。”

花名岛可能是个蠢蛋吧，竟然就这么轻易地相信了。我从刚入学的初一开始，内心就一直怀着淡淡的、青涩的情愫，好在没有让他本人觉察出来，总之悬着的那颗心终于放下来了。幸亏花名岛是个迟钝粗心的男生。

又沉默了好一阵子，我总算压低了声音问：

“……为什么要打人？”

“我怎么知道！”花名岛愤愤甩出这句。

阴暗的愤怒火焰又开始摇动了。

“为什么你要做那样的事？”

花名岛摇着头说：

“海野……都是海野的错。是那家伙逼我的。她太坏了。错的不是我。”

花名岛重复着这几句话，反反复复地自言自语。

然后，他语气阴沉地说：

“从我们坐上公交车开始，我和她说话，她就彻底无视我……”

一阵风吹过，青绿色的稻穗大幅度摇摆，空气中飘着夏末特有的干草味。干燥的柏油路被泥土、尘埃和有机肥料的碎屑弄得脏兮兮。我和花名岛都沉默不语继续向前走。

终于走到了分岔路口，我松了一口气。不知到底说点儿什么才好。

分别之际，花名岛开口道：

“可是，我觉得……”他笃定地直视着我，“兔子事件的凶手，我觉得就是海野。”

“……可藻屑说是花名岛呢。”

“嗯。”花名岛语气压抑，“海野不就是憎恨你喜欢的东西吗？所以才要从山田手上夺走那些东西，难道不是吗？反正我是这么认为的。”

“藻屑可能也会这么说。”

“哈哈……杀掉兔子，她会就此善罢甘休吗？”

说完这句，花名岛泄了气似的，径自走了。

我歪着头看他离去的背影。

究竟是谁杀了兔子？海野藻屑，还是花名岛正太？

然后我开始思考，如果海野藻屑杀兔子的动机真像花名岛说的那样，她接下来的攻击对象会是谁？要夺走我喜爱的东西？……这么想下一个目标只能是我哥哥友彦了。

然后我又在想，如果虐杀兔子的是花名岛正太呢？那这个坐在我隔壁的男生几小时前表现出的令人咂舌的残暴已将我彻底击溃。若花名岛正太是杀兔凶手的话，那下一个被虐杀的会是谁？怎么想都是——

海野藻屑。

那天晚上。我和往常一样做好晚饭和友彦一起吃，然后在厨房的角落里写作业并预习第二天的功课，同时又心不在焉地瞟两眼一直开着的电视。妈妈打工到很晚才回家，我将留给她的晚饭重新热一热，让妈妈洗完澡一出来便能吃上。今天的晚饭是有蔬菜和肉的炒面，用买来的现成酱汁拌一拌就是上海风味的中华炒面了，还有一盘味噌小黄豆腌黄瓜。

妈妈从浴室出来调皮地摆出超人变身的造型，特别开心地说着：

“想一想也真是啊，十三岁就能把家照料得这么好，咱们小渚可太能干了！”

妈妈居然才注意到这点？！我心里想着，但条件反射地谦虚道“没有没有”，我对自己感到吃惊。

就在这时，电话铃响了。妈妈从变身姿势恢复到原形，伸手拿起电话：

“你好，这里是山田家……”

然后她突然“呃”了一声，惊讶地朝我看过来，手忙脚乱地说：“她在，现在让她接电话。”

妈妈把电话递给我，极度兴奋地小声说：

“说叫海野，女孩子。女孩子。难不成就是那个‘在晨曦中，凝视……大海……’的海野的女儿？和你关系很好的嘛！你很厉害呀！海野、海野……”

“妈，你吵死了……喂喂？藻屑？”

电话那头的海野藻屑痛苦地呻吟道：

“有什么好唱的……”

“啊，你听到啦？”

“全都听得见！”

电话里，海野藻屑用无限寂寥的声音对我说：“出来见个面吧，山田渚。暴风雨就要来了。”我对她鬼扯什么暴风雨依然感到生气，但还是将零钱包装进口袋，穿上球鞋出门了。她指定的见面地点不知为何是在海边。我找出哥哥以前骑过的山地车，给瘪掉的轮胎打满气，用力踩着脚踏板朝海的方向骑去。如果徒步走过去还挺远的，没想到骑自行车很快就到了。

海岸昏暗无光，漂流在岸边的垃圾像是从对面朝鲜半岛过来的，里面混杂着印有朝鲜语的空易拉罐。周围充满了海腥味，一个人影都没有。我四处张望，看到在很高的灰色混凝土防波堤上，站着海野藻屑。她勉强维持住平衡，不断晃动着双臂，看上去很危险。

“藻屑……？”

我小声呼唤，海野藻屑朝我转过头。

朦胧的月光照出藻屑的脸庞，斑斑点点的红黑色伤痕在她飘动的刘海间若隐若现。那是花名岛正太的作品，是那个原本慢性子的、棒球队的寸头男孩，那个本该是普通正常人的花名岛正太的杰作。

藻屑一副百无聊赖的样子说：

“一个人……都没有哇！”

“废话！夏天都结束了，而且现在是晚上呀！”

“嘿嘿……”藻屑像个孩子似的笑了。

然后突然，毫无预兆地从防波堤上朝着海面纵身一跃，头朝下扎进了暗夜的大海里。这片海被沉沉夜色染透了，几乎分不出夜与海的界线。藻屑像冲动自杀一样跳下去之后，整个人都消失不见了。我不禁“啊——”的一声惊叫起来。藻屑今天穿的是一件简简单单的黑色连衣裙，简单，但剪裁非常考究。她一跃入海时，原本蓬松张开的及膝裙摆，瞬间吐出裙摆内的空气，沉入了阴暗的海水里。

藻屑潜在水下。我抱膝坐在沙滩上，一边想着这个怪里怪气的朋友到底要干什么，一边耐心等待她浮出海面。然而，一分钟、两分钟、三分钟……大概四分钟过去了……我脑子里出现了藻屑沉在阴暗无光的海底，黑色的裙摆如噩梦般膨起的画面，噌地跳了起来。

“藻、藻、藻屑？”

……难道死了？

我慌忙脱掉球鞋，摘下手表，将零钱包在岸上放好，深深吸了口气，然后扑通扑通地踩着水走进大海里。

水越来越深了。海水没过我的膝盖，没过腰、胸口……接着扑通一下，我整个人都沉入了海里。起先，我感到身体被凉凉的海水包裹着，很舒服，过了一会儿便感受到了一丝寒意。我漂浮在海里，双手摸索到了像是藻屑的物体。我抓到的不知是藻屑的腰还是头，她仿佛吓了一跳似的，在海里扭动着。“哗”一下，我将脑袋探出海面，就在我面前，藻屑的黑发和裙摆，像海藻一样悠悠荡荡地漂在水面上。咕嘟咕嘟，小小的气泡从水下冒上来。

又过了好一阵，藻屑才笑眯眯地把头仰出水面。

“啊，真舒服！山田渚。”

“……我以为你死了呢！”

“我？死在海里？”

海野藻屑像是听了个段子似的嬉笑着。

“我可是人鱼呀！”

“也对啊。”

我叹了口气。

我在海里缓缓游着，从藻屑身边离开。

“你在水下待得也太久了吧。”

“谁让我是人鱼呢。即使是人类的形态，在海里呼吸也是小事一桩。”

藻屑说罢又笑。

我和藻屑就这样，在暗夜的海里真像是两条美人鱼一样轻盈地漂浮着，有一搭没一搭编点儿无伤大雅的谎，再互相吐槽说“你肯定在骗人吧”，如此循环反复，直到筋疲力尽才上岸，在沙滩上踩着浪花玩耍。我的T恤和牛仔裤都湿透了，变得特别重；而藻屑的黑连衣裙也湿漉漉地贴在她纤瘦的身体上。

藻屑递给我一块毛巾，就是映子口中价值五千日元的高档毛巾。我接过来擦了擦脸和头发。

藻屑拎起裙摆，用力把水拧出来，露出了青白色的、过分纤瘦孱弱的腿，连大腿部分都能看到。

那儿果然布满了大大小小、新旧混杂的殴打伤痕。还有平时穿制服时看不见的胸口部位也处处是抓痕和撞伤。

在月光的照射下——青白的、薄如蝉翼的皮肤上浮现出的伤痕——是可怕至极，让人难以相信它的真实性的、暴力的痕迹。

我像被那些伤痕吸引住了一样，目光无法从它们上面移开。拼命拧着湿裙子的藻屑感觉到了我的视线，一动不动地注视着我。

“藻屑……”

“这些，不是伤。”藻屑突然快速说道。

“欸？”

“真不是伤。”

“那，是什么？”

苍白的月光洒落下来，映照在藻屑的脸上、湿透的头发上、胸口红黑色的伤痕上。藻屑一副不容置疑的表情，又对我撒谎了：

“是污染。”

深夜的大海沉没在无边的黑暗里。夏日最后的风阵阵吹来，摇晃着海面掀起波浪。这里真安静。我凝视藻屑的脸庞，思考着她接下来会说什么，并耐心等待着。她编织的谎言让我厌恶，但又莫名其妙有种蛊惑力，再加上我内心烦躁不安的情绪……太多东西混杂在一起，我无力整理，束手无策。这一切让我感到呼吸困难。

“污、染……？”

“嗯。”藻屑点点头。

不知何时，她把餐巾纸捻成细长的条状，塞进左耳进行清理。她快速地继续往下说道：

“那个，人鱼的生活是一成不变的，几百年来一直都重复着同样的生活方式。但人类的文明不断在变化，对不？现在的大海遭受着近代工业化发展的污染，排放出来的工业废水、生活污水和垃圾都流进了大海里。沉船也泄漏出很多废油，将周围的海域污染成一片黑色。所以呢，现在所有的人鱼都受着皮肤病的困扰。新出生的孩子几乎都有过敏性疾病，太糟糕了。我也是哟，从小就在被污染的海里长大。”

“可看上去是被打伤的痕迹啊？”

“把它看成伤痕是因为人类太浅薄无知了。”

藻屑得意地一笑。

“这个嘛，是从婴儿时期开始就一直积攒在体内的毒素，看起来很像打伤的痕迹，其实是从身体内部显现出来的，是毒素。人鱼的皮肤很脆弱，容易受损。”

“哦，是吗，这样啊。”

我无可奈何地点点头，假装相信了她的说法；然而藻屑却莫名露出了伤感的落寞表情。

就这样，我们上岸离开沙滩，我推着友彦的自行车走着，藻屑则摇摇晃晃地走在车的另一边。回家的路显得十分漫长。伫立于夜空下的蜷山，沉寂在无际的黑暗里。

终于到了家附近，藻屑留下一句“我要休息三天左右，再回学校”，便径自回家去了。我在分岔路口跟她挥挥手，往家走去，过了一会儿才想起来刚才借用的毛巾还没还给藻屑。那可是价值五千日元的东西，得赶紧还给人家。想到这儿，我立刻掉转方向，骑上自行车追着藻屑而去。

高级别墅区的道路修整得特别干净漂亮，左右两旁一栋接着一栋的房屋让人感到这里不愧是富人区，我竟莫名胆怯了起来。我只来过藻屑家一次，现在有点儿迷路了，因此没能追上藻屑。藻屑的身影在路上消失了，想必已经到家了吧。我凭借记忆努力回想该怎么走，总算找到了海野家的那栋白色的四四方方的建筑物。我站在了门前。

此时夜已深了……我转念一想：这么晚按门铃有点打扰人家，不如下次见面时再还给她就好了，于是转身往回走。

这时，耳边传来细弱的哀号声。

我转过头去。

是从我刚才犹豫是否该按门铃的，眼前这栋白色豪宅里传出来的声音。我能听出来，是藻屑的声音。藻屑不断地、反反复复地惨叫着。

“对不起！对不起！”

接着又是“我再也不敢了”“饶了我吧”“爸爸”，藻屑的哀求声回荡在夜色里。还有好像什么东西摔在地板上，连续发出“哐当哐当”的沉闷响声，以及微弱的尖叫声。我呆然站在原地。藻屑曾经说过的话在我耳边响起：

“其实我，特别特别爱我爸爸。”

惨叫声仍在继续。

“爱，是一种绝望吧。”

我伫立不动。一位像是附近居民的老伯伯缓缓从我身边走过。他单手拿着香烟盒，垂头丧气地走过来，看到呆立的我后停下脚步，抬头看着那栋白色的房子，同时悄悄地朝欲哭无泪的我投来同情的目光；然后径自走开了。

我束手无策，什么也做不了。只是紧紧攥着那条毛巾，拖着沉重又无力的脚步走回了家。湿漉漉的衣服一点点风干了。回到家，我看到妈妈正在打电话。她弓着背，跟电话那头的人聊得很专注，轻声地说着“唉，是啊”“怎么会这样”等等。当我洗完澡，摇摇晃晃从浴室走出来时，妈妈挂掉了电话转身对我说：

“海野家的孩子，不要紧吧？”妈妈这劈头一句，语气低沉，好像有一种责备的意味。

我“啊？”了一声。

和我出门前开心的气氛完全不同，妈妈一反常态，一脸严肃对我说：

“因为附近邻居都在疯传呢，说那孩子快要被父亲杀掉了。”

我有气无力地就地而坐。就算跟我说这些，我也不知道该怎么做才好。我十三岁，是一个中学生、藻屑的朋友、班级里负责饲养小动物的，山田渚。还要我怎样？

我能为藻屑做什么呢？

我终于清醒地认识到：我自身的那点儿不幸和海野藻屑的痛苦是无法相提并论的。我也承认，我的不幸仅仅来自人间常有的贫穷。而我稀松平常的不幸和藻屑个人风格强烈的、非凡离奇的不幸，有一个共通之处：我们都是年仅十三岁的孩子，我们是未成年人，我们是正在接受义务教育的中学生。我们还不具备以一己之力去开拓自身命运的能力。我们还必须在父母的庇护下活下去。孩子没有选择父母的权利。我因为出生在这样的家庭，比别的孩子提早一两步装成大人的样子做家务、照顾哥哥，只能在心里默默叫苦"我快撑不下去了"。倘若藻屑能离开那个家的话，或许也会逃到天涯海角的某一处。如果可以变成大人，获得自由的话该多好。可是，十三岁的我们，无路可逃。

"听说他们在东京的时候，被人举报到反儿童虐待中心了呢，所以才溜回这里来的。就算到了这边，我看过不了多久也要被举报吧……"

妈妈神色黯淡凝重，伏在矮桌上托着下巴。我用浴巾擦拭着头发，死死盯着墙壁一声不吭。

"那孩子有残疾证呢，你知道吗？"

"……什么？！"

"我还以为你知道呢。你看，她走路时不是拖拉着腿嘛。唉，那实在太明显了，可不就人人皆知了。听说，还是婴儿的时候就被粗暴对待，导致一边的髋关节坏掉了。所以那孩子没办法正常走路，你看，就是完全没法像这样伸展腿。她不是从来都不上体育课吗？”

妈妈一边摆出腿部拉伸的姿势一边对我说。我怔怔地望着她的姿态，随即回忆起了和藻屑、花名岛三人一起出去玩的那天……下车的时候藻屑给公交车司机出示了一个手册样的东西。

那时藻屑拖着脚正要下车，司机看到清纯脱俗的美少女藻屑拿出手册时，那表情像是受到了极大冲击，他狠狠瞪着傻站在那儿等藻屑下车的我和花名岛，对我们怒吼：“你们不是朋友吗？快帮帮她呀！”

我咬紧了嘴唇。

换作别人，也会想要找借口辩解几句吧——

因为，根本不知道她是残疾人，一直以为她那是在装“病娇”啊。在谎言的大海里抓取真相实在太难了。我始终以为藻屑不过是为了引人注目才那样的……

“不是天生的，是出生以后受伤才残疾的。”妈妈低声说道。

然后，她满脸好奇地看着眼中饱含泪珠的我，伸手指着左耳说：

“还有啊，她有个耳朵听不见呢。”

“真的吗……？”

“听说是鼓膜破裂听不到声音了。所以从左边对她说话不会有反应。对了，那个谁，映子，我刚才从她妈妈那儿听来的。她说，映子听到传闻做了实验，和其他朋友一起在那孩子左边讲话，她绝对不会回头，说什么她都没反应。于是映子在她左边说了很多难听的话。”

“……”

我站起来准备将毛巾放进洗衣机里。

我回想起多少次、多少次被藻屑惹火的情形。

还有花名岛愤怒地说藻屑无视他的情景，我都想起来了。

我对拿翻船事故编故事的藻屑大喊“闭嘴”，花名岛在公交车里跟她搭话，都是在她左侧。我们以为藻屑狡猾地装聋作哑选择性逃避，为此生她的气。种种景象一股脑儿袭来，重重压在我的心上。谁会知道她根本听不到呢。

藻屑每次都拖着腿拼命追赶我的脚步，追不上的时候就朝我扔矿泉水瓶，让我停下来。当她拖着腿好不容易赶上来后，总是确保自己站在我左侧，再摇晃着身体跟着我走下去。

她一直在用听得到的那只耳朵对着我。

我站在洗衣机前，毛巾从手中滑落。然后，我像那时的花名岛一样，用双手捂住了脸。啪嗒啪嗒啪嗒……大颗的泪珠一粒粒坠落下来。我深深陷进了藻屑的世界里。那个悲哀可怜的、令人焦躁的、美丽的、污染的……世界。

我双手掩面，将头埋进洗衣机里，压抑着自己无声地哭着。藻屑。藻屑！一直以来，藻屑将糖果子弹，我将子弹，塞进那不可靠的、几乎没有威力的枪里，“砰砰砰”不断发起射击，却没有东西被我们击倒。

每个孩子都是士兵。这个世界是一场逃命生存的游戏。那么——

藻屑将会怎样呢……？

第二天，第三天，藻屑都没有来学校。进入十月了。学校的制服换成了秋冬装，面料厚实的西装外套还让人觉得有点儿热。花名岛仍在接受停学处分，在这间教室里和那次事件有关的人就只剩下我了。女生们围着我问东问西打探消息，而我始终闪烁其词，没有正面回答她们任何问题。我的态度似乎引起了她们的不满，映子作为代表向我发难道：

“你有义务好好说明这一切吧？”

“我没、没有吧。”

“有的！”

“社交界”还真是个可怕的地方。

隔天放学后，我要去商店街买一口新锅，因为家里煮咖喱的锅终于用得连底都破了。车站前所谓的繁华商圈有一条带顶棚的拱廊式商店街，老旧的塑料顶棚位置特别高，挡住了一部分阳光，导致街上暗暗的，仿佛到处都落了一层灰尘似的。我在商店街的某个店铺里找到一口最便宜的铝锅，决定就要它，便还了还价买下。我抱着锅出了店门，走在商店街上，竟然看到海野雅爱迎面而来。

如同漂白了一般的白皙皮肤，飘逸的头发，修长的双腿，还跟从前一样，清秀利落的模样，让人无法想象他已经是个中学生的父亲了。他身穿略显花哨的夏威夷衫，戴着一看就价格不菲却又没有暴发户气息的很有品位的手表。他那风流倜傥的形象在这昏暗的商店街里显得格外突兀。海野雅爱注意到有个抱着锅的女中学生正盯着自己，瞬间像吓了一跳似的睁大了眼睛——那双和藻屑极为相似的大眼睛。

“藻屑……她明天，会来学校吗？”

我低声地问。正要走开的海野雅爱停下了脚步。他打量着我的脸，确认了一下我的制服和校徽，又看看我手中的锅。

“你……是她同学？”

“是。”

“噢……不过，你肯定不是她朋友吧？”

清爽帅气的海野雅爱，提到女儿的瞬间气质大变，表情变得险恶起来。他不屑地哼了一声：

“那家伙没有朋友吧？因为她是个蠢货。蠢货是不会有朋友的。纯属天生的笨蛋，跟她妈一样，也就脸长得还行，头脑简直……”

“我，就是她朋友！”

一股强烈的厌恶感涌上心来。我从来没有被家里的任何人如此贬低蔑视过。对妈妈或哥哥虽然也有很多不满，但我从不会用如此刻薄的口吻去评价他们。我所认知的家庭关系和海野家的家庭关系，是完全不同的东西。

我抱紧了我的锅。走在商店街的人，发现名人海野雅爱和一个抱锅的女中学生正互相瞪着对方，于是开始偷偷地观察。

“为什么要这样恶毒地说自己的孩子？”

“我才懒得说她呢。但那家伙真的无可救药。不是吗？真希望她能替我这个当爹的想一想，她太给我丢人了！”

“即便如此也不应该使用暴力。”

“……暴力？”

“镇上的人都听说了。藻屑浑身伤痕累累，一只耳朵也聋了，也无法正常走路。你们家里传出的惨叫大家也都听见了。所以你们才从东京搬到这里……”

“听说？”

海野雅爱可能碍于周围的视线，态度稍微缓和了一些。他摆出一副安慰小孩的笑容，说：

“那都只是传言吧？我女儿身上的伤，你怎么证明是我打的？就算听到我家发出惨叫，你也没看到我做什么吧？你难道不了解她？那孩子是个无药可救的说谎精，真的，太过分了，一直在说谎。关于学校的事，她居然跟我说自己在班里很受欢迎。我知道她是在撒谎。是不是无药可救？你啊，太相信藻屑的谎言才会说出这样的话。即便你是孩子我也不会饶过你，名誉受损，对我们这行的人来说可是致命打击！明白吗？”

海野雅爱的视线落在我抱着的锅上。

“如果闹上法庭打官司，你输了的话，要赔很多钱哟！你父母赔得起吗？”

“别再打藻屑了！”

我大声地冲他叫喊，为了证明自己没有屈服于他的恐吓。我的灵魂才不会因为金钱的胁迫而歪曲事实。

海野雅爱不耐烦地哼了一声，抬起腿，对准我刚买的锅一脚踢过来。锅被踢瘪了，从我的手中飞了出去，伴着一声巨响掉落在商店街的石子路上。

我站在原地，浑身无法动弹。

我走在山路上。

蜷山的路突然变得陡峭。

快到了，就快到那个地方了。

十月四日的早晨——

朝露一滴滴坠落在苔藓上，不断阻碍着我和友彦前进的步伐。时不时快要摔倒的我，总是被友彦一把扶住。其实友彦也时常差点儿滑倒。眼前的景色越来越开阔，远方的大海在朝阳的白色光辉下令人目眩地反着光。

山间林木丛生，嫩绿的叶片间偶尔会有朝露落下。有几滴落在我们的脸上、肩上、脖子上……

“怎么办？”我低声自语。

怎么办？

我正找的那个，倘若真的在那个地方，怎么办……

“喂，友彦。”我几乎带着哭腔，“到底怎么办，友彦……”

“唉……”

“友彦。昨天晚上，藻屑说了……”

“她说，这样的人生从头到尾就是一个谎言。”

“她说，反正是谎言，怎样都无所谓了。”

我在商店街中央被海野雅爱一脚踢飞了手中的锅，锅飞上半空又砸在地上，凹进去一个大坑，此事让我极其愤怒的第二天，也就是十月三日星期六这天，藻屑终于来学校了。说是这么说，其实她严重迟到，来的时候已经是第三节课的尾声了，她脸色苍白，踉踉跄跄走进教室。

“今天的课都快结束了呀。”我在休息时间走近她的座位对她说。

藻屑脸上布满瘀伤，“啊哈哈”地笑了起来。

从旁边路过的映子，站到藻屑的左侧，恨恨地说：

“这家伙，不就是为了见小渚才来的嘛。”

我隐约感觉到映子很恼火。那个爱管闲事、爱聊八卦，总是等待着有什么特别的事情发生的映子，将突然转校进来的星二代海野藻屑看作是一个惊喜，也就是十分特别的存在，然而这个藻屑居然不把她放在眼里，却使劲缠着冷漠无趣的山田渚，这让她非常不愉快。现在的我不会像当初那样，不论藻屑周遭发生什么，只因不能成为子弹就事不关己高高挂起。如今，我无法再熟视无睹地沉默下去了。当映子还准备开口说些什么的时候，我说：

“……映子，站在人家左边‘口吐芬芳’很开心吗？”

映子闭上了嘴巴。

她用一种前所未有的冰冷目光瞪着我这个平时跟她关系不错，本该很投缘的同班同学。刚才那一句脱口而出的话，让我站到了“社交界”的对立面上。我意识到了这一点，不过已经觉得无关紧要。反正我早已身陷砂糖泥潭放弃了挣扎，手中握着的、眼睛里看到的，所有一切都黏糊糊，让我承受不住，再无力去应对了。

第四节课就在紧张凝重的气氛中结束了。课外活动也结束了。在此期间，没有任何一个女同学来跟我说话。也许是因为映子的一声令下，或是她们达成了无声的共识。不知缘故，总之所有人都在疏远我，班级氛围和今天早上有着天壤之别。当我站起身时，映子从后面走来猛地撞击我的肩膀，那冲击力使我又坐回了座位上。我惊愕地看着佯装无事发生的映子从我身边走开的背影。我再环顾一下教室，屏住呼吸朝我这边儿看过来的女同学们，整齐划一地移开了视线。

教室里充满了不安分的空气，仿佛一场怪异的祭典即将开始。

可对这些事我已经无所谓了。反正都不能成为我的子弹。我再次从座位上站起来，也不太知道自己想要表明什么态度，反正我径自走近角落里的那个座位，然后——

“一起回家吧。”我对藻屑说。

那时的藻屑正仰着下巴咕嘟咕嘟咕嘟……喝着矿泉水，听了我的话惊讶到口中的矿泉水倒流，像个小喷泉似的喷了出来。然后，她将矿泉水瓶从嘴边拿开，回应道：

“欸？好啊！”

我们俩正互相点着头，本来已经走出教室的班主任又杀了回来。

“喂，山田。到办公室来一趟。”

“欸？！”

“马上就好，马上就好。”

这位一看到学生露出不满的表情就惊慌失措的、情绪容易激动的班主任，慌慌张张反复地说：“马上，马上就好。”我对藻屑说了声“好像不会耽搁太久，你等等我”，无可奈何地走向办公室。

放学后的走廊上，学生们急匆匆穿梭往来，但越靠近办公室越安静。我真一点儿也不想进去，可还是无奈地走进了办公室。有几位老师仍在办公桌前工作。窗外的树枝沙沙地摇摆着。

班主任擦着汗坐到自己的办公桌旁，我则站在他面前。然后——

“关于升学的事。”

“咳。”

“之前那个升学志愿调查表，都填了吧？山田同学填了自卫队，难道你喜欢武器？老师倒是喜欢徒手的中国功夫，跑题了啊。我要说的不是这个，山田——”

班主任又擦了擦汗。功、功夫？

“那个该是高中毕业后的志愿吧？比如说，可以上国防大学，以后当个美女军官啥的？山田成绩也不算差，啊不，虽然也不能说非常好，但基本说得过去嘛……”

“不，那个，我不上高中。”

“不行！”

班主任突然大喊一声。我吓了一跳赶紧闭上嘴。接着班主任对我摆事实讲道理，说“总之先要去高中，高中毕业的人会比只有初中毕业的人的人生轻松许多；也可以打工啊，或是上夜校”等等。他把要说的都说了以后，嘴里念着“对了，对了”，缓缓地拿出写有我家庭成员和家庭情况的资料。

他表情严峻地抬起头，问：

“你父亲过世了，现在只剩下妈妈一个人是吧。你哥哥呢？”

“哥哥是贵族。”

“……嗯？”

我慢条斯理地、认真且礼貌地说明了哥哥的情况。班主任的神色愈发严肃，那张脸可怕得像变了个人似的，眼睛盯着桌子的边角。

他低声说道：“山田……”

“是。”

“那个，我的弟弟，也是那种情况。”

“您指的是？”

“家、家、家……‘家里蹲’？”

班主任抬起头，面部表情略显奇妙，像是在发怒，又仿佛很受伤。我忽然意识到，眼前这个大人曾经也是个孩子，只是有点儿难以置信，一时竟晃了神。

班主任接着噼里啪啦讲了一堆从书上和电视里看到的关于“家里蹲”的信息，还絮叨了些什么原因啦，现代病啦，解决方法，等等。聊完这些，他又接着说：

“可是我觉得，与其说这是什么现代病……当然这是我个人的想法，并不是什么了不起的专家老师说的。我认为那个……大概是母亲的问题。我家就是例子，我妈放任一个健康年轻的男孩不出去工作，在家里晃悠消磨时光。只要不给他做饭吃，他总要肚子饿的吧，饿了就要动起来，对吧？因为肚子饿嘛，饿肚子多伤脑筋呀，所以一定会走出门，管他是抢劫便利店呢还是打工，总要开始踏上新的未知旅程。因为饥饿，没钱就活不下去。对了，就是山田你说的子弹，没它不行。我觉得吧，我妈只不过希望有个人陪在身边而已。这个人不是我这样已经独立的、未来生活稳定、不需要仰仗父母的公职人员，而是那个懒惰无能、没了妈不行的‘家里蹲’小儿子最适合……既然这样，养只猫难道不好吗？你说是吧？”

班主任越说越亢奋，声音也渐渐大了起来。他自己意识到以后满脸通红地说：

“……不好意思，不好意思。但是，我真这么认为。为人父母的人，自己本身都没能独立，所以只是一味无底线地放任孩子，由着他一无是处。还真有一些扭曲的家长，甚至觉得孩子最好什么都不会，只要一直窝在家里就好。所以我听了山田你的话……山田，你就像妈妈一样。不是吗？山田养着哥哥，给他做饭，不让他挨饿。让他不去想工作的事，让他不去考虑该如何凭自己的力量射击实弹。”

我紧紧咬着嘴唇，心中呐喊：

——明明你什么都不了解……！

——我们这么多年经历的辛苦，你什么都不懂……

“你哥哥如果变成一个能射击实弹的人，失落的是山田吧？所以……”

“不是我想要这样的！这不是没办法嘛！”

“那么山田一定要去读高中。该工作的是你哥哥！那家伙，不管你怎么形容他，不过是个懒惰的混账废物而已！”

班主任斩钉截铁地说着，以一步都不妥协的表情反复强调“你必须去上高中”。与平时不擅长察言观色的那个班主任不一样，此刻这家伙一脸严峻的神色，像是要牢牢抓住什么绝不放手。我无比反感，奋力反抗。

“……就不去高中！”

“关于这事，我要找你妈妈，三个人一起谈。去你家里谈也行。还有你那个哥哥，老师要跟他来一场对决。”

“老师，您也……”

“‘家里蹲’的家伙，大多数对家人能说会道，在家庭里做专制的君主。可他们的领土据点十分狭小。他们不能和他人好好交流，也无法用眼睛正视他人。你是知道的吧。你哥哥现在最需要的是‘他人’，而对你来说，最需要的则是‘安全感’这个东西。”

“安全感……？”

“孩子最需要的就是安全感了。我是这么认为的。不过很多家庭都慢性地、长期缺乏这个东西，并不是只有你这样。”

我瞪着班主任，向后退了两三步。他又说：“你好好考虑一下吧！”

我咕哝了一句“才不要”，便走出了办公室。

“今天晚上，我会去你家家访，跟你妈妈说一声啊！”

“别来！”我大喊了一声。

然后在走廊上狂奔了起来。

火冒三丈地回到了教室，同学们都已经回去了，只剩窗边还有一个人。藻屑郁郁寡欢地托着脸颊，发现我走了进来，指着墙上的钟，说：

“好慢哟。”

“对不起，班主任啰唆了一大堆有的没的。”

“说什么了啊？”

我歪了歪脑袋：

“说什么孩子最需要的是安全感什么的。”

“欸……听不懂。”

“我也是。”

藻屑站起身朝我走来。她身后的天空开始变得阴沉，被乌云染成了不吉之色，那阴郁的灰色逐渐弥漫开来。凝视着天色，藻屑用忧郁的语气说：

“再不快点儿回去，暴风雨就要来了。”

这声音让我想起来：今天十月三日正是藻屑之前一口咬定的“连天气预报里都没有的暴风雨”会袭来的日子。

“我早上看了天气预报，今天是晴天哟。”

“……暴风雨，我都说了肯定会来！”

藻屑又仿佛有些兴奋，念叨着：

“暴风雨，要来了。”

我轻声敷衍着：“行吧，你说来就来吧。”随后拿起书包，转身正要离开教室……

门开了。

花名岛正太站在门口。他穿着一身制服，空着手，看到我们时“啊”地短短叫了一声。我和藻屑也吃了一惊，目不转睛地盯着花名岛的脸。

“花名岛……你这家伙，不是还在受处分休学吗？”

“嗯，啊……我有个东西忘这儿了，没它挺麻烦的，所以来拿。那个……我以为教室已经没人了呢。”

花名岛低垂着眼睑，躲避着我和藻屑的视线，不和我们对视。但他还是有些尴尬，动作生硬地走向自己的座位时，忽然抬起头看向藻屑。

然后整个人仿佛原地石化，他“啊……呀……”嗫嚅着，终于开口道：

“那个，伤……”

藻屑的脸上还挂着好多块变成红黑色的伤痕。这是一种污染。花名岛狠狠咬着嘴唇，直愣愣地看着藻屑，像是脑子里不停在想“那天错的是藻屑，是她逼我出手的”。

可当藻屑垂下眼帘的那一瞬间，却听花名岛低声说了一句：

“对不起……”

我呆呆站在原地。花名岛的声音简直像变了一个人，与几天前对着我嚷“错的是藻屑”的那个孩子气的声音完全不同。现在的声音仿佛隐匿着某种秘密，有一股大人的成熟气息。

藻屑生闷气般嘟着嘴巴沉默不语。花名岛直视着藻屑。我恍然发觉这教室里似乎没有我的容身之处。在这阴云密布的傍晚，放学后的教室里，只有藻屑和花名岛，我仿佛变成了一团透明的空气。

“对不起。”花名岛又说了一遍。

藻屑一言不发，像在怄气似的摇晃着身体，终于开口说：

“……不原谅你。”

“对不起。”

“绝对不会原谅你。”

“我、我……”

“只有爸爸打过我！”

藻屑仰起脸，表情激动又激烈。

花名岛呆呆地杵在那儿，像是看入了神，又像被震慑到了一样。藻屑狠狠地瞪着花名岛，摇晃着身体一步一步向花名岛走去。

“海野，你的腿……”花名岛怯怯地小声说道：“你这腿，听说有残疾，是真的吗？”

“……是真的。”

“说是被你爸弄的，这也是真的？”

“是又怎样呢？”

“还听说你这腿关节打不开？”

“打不开哟。因为被上了锁。”

眼前这个被污染的美少女海野藻屑，展露出前所未有的邪恶表情，嬉皮笑脸地站在她的猎物花名岛正太的面前。花名岛丢了魂似的，轻声重复道：“被……上了锁？”藻屑仰起下巴笑着，然后猛然推了花名岛正太一把。花名岛摔倒在教室地板上，他慢吞吞地正要站起来时，藻屑冲上去骑在他身上，压住了他。她用苍白细弱的手撕拽花名岛的制服衬衫，粗暴地扯开衣服扣子，将他的上衣剥掉。我在一旁光顾着发抖，只能胆怯无力地唤一句：“藻、藻屑……”花名岛那被太阳晒得油亮，与藻屑截然相反的健康肉体暴露在我们面前。藻屑站起身奔向放清扫用具的橱柜，抓了一支拖把杀回来，不由分说地朝花名岛正太的后背抡了过去。

“嗷……！”

花名岛短短地嚎了一声，顺势跌倒在地，惊愕地瞪大眼睛扭头看向藻屑。那是一个手握拖把、面容狰狞的海野藻屑，苍白秀美的脸上布满了淤青，眼眸里射出锐利的光。花名岛正太瞬间露出不可思议的表情，接着他伸出手，像恶作剧的小学生一样，天真无邪地拽住海野藻屑的裙摆，向上掀起。

苍白、纤细的膝盖。

腿。

白色的内裤。

扁平的小腹，小小的肚脐。

散布其上的，是新旧交杂的殴打伤痕，像正在排毒的人鱼的皮肤病。

“果然，浑身都是伤，海野……你这家伙好脏啊。”

“花名岛正太也一起变脏不就好了？！”

藻屑举起拖把，一次又一次朝花名岛正太的后背抡过去。教室里回响着噼里啪啦的声音。花名岛正太痛得将身体缩成一团，口中发出短促的哀叫，但他似乎没有要抵抗的意思，仅仅嘴上喊着：“疼啊！嗷……！”

拖把被高高挥起。

花名岛那被太阳晒出光泽感的后背上，开始浮现出鲜亮的伤痕。

面对着被藻屑污染的花名岛正太，这个我心仪的男孩，我只能伫立在原地全身颤抖。藻屑抽噎着，泣不成声，泪水哗啦啦地从苍白的脸颊上落到地面。我看到，花名岛正太像傻瓜一样张着嘴倒在地上，倒在藻屑的膝前，用嘴接住她脸上掉落下来的泪珠。泪水啪嗒啪嗒地落入花名岛的嘴里，稍有偏移便落在他额头上、鼻子上……

“不、不、不原谅你！”

“对不起……”

“不原谅！”

“真的对不起……”

“不、不……”

藻屑一边哭，一边挥舞着拖把。激烈的暴力。这么纤细的女孩的手臂，竟能使出如此大的力气。在我眼前发生的这些暴力，我从来没有见过，从未想象过，甚至连它的存在都未曾知晓。面对它，我内心畏惧，又嫌弃厌恶，唯一能做的只有瑟瑟发抖。这是我还未了解的世界，而海野藻屑和花名岛比我提前知晓了那个世界的事情。藻屑那张因愤怒而扭曲的脸真实得可怕，无论如何也看不出是十三岁女中学生的容颜。被打倒在地的花名岛，脸上浮现出一种恍惚的、难以形容的表情，是我从未在任何人脸上看到过的表情。花名岛看上去又像享受，又像煎熬。看到花名岛这副模样的藻屑，更加火冒三丈。我想起来了，藻屑是个分不清爱意和憎恨的家伙。藻屑会不会对她喜欢的人也做这种事呢？而被她喜欢的人，对这种事情会甘之如饴，还是避之不及？

拖把被高高举起，又被挥下。

花名岛示弱地叫唤着。

那支拖把，是藻屑人生中第一次射击的子弹。原来藻屑是个以这样的表情对男孩打出子弹的女孩啊。

花名岛的身上浮现出许多鲜明的被污染的证据。花名岛终于躺倒在地一动也不动了。藻屑也扔掉了手中的拖把，就地瘫坐下来。

她抬起头看看天花板，双手抱住头，然后……

放声号哭。

窗外灰色的天空变得黑压压的，令人心生恐惧。天气预报里说的“晴朗”毫无踪迹，终于，阴沉的天空开始滴滴答答下起了雨。花名岛猛地站起来，屈辱、茫然，以及冷却的兴奋感混合在一起，笼罩着他的脑袋，他找到衬衫胡乱地披上，对我和藻屑看都没看一眼，从教室落荒而逃。我抱着头倚靠在教室角落里的储物柜边，将视线从逃离出教室的花名岛身上移开。

我那曾在心底漾起过涟漪的初恋于今日告终，

因为花名岛提前一步走进了那条偏僻的歧路，不知他会变成健全的大人，还是沦落成变态，反正已不可能和我是同路人了。就此别过了，坐在我隔壁桌的棒球男孩。我重新整理了一下情绪，慢慢走向藻屑。

我走近瘫坐在地上号啕大哭的藻屑，将那条借了一直没还的毛巾递给她。藻屑无动于衷。我只好替她擦了擦脸上的泪水，还帮她擤了鼻子。

藻屑像一个走投无路的无助孩童，我小心翼翼地在她身边坐下。窗子发出咯吱咯吱的声响。大颗的雨珠接连打落下来，突然间就变成了大暴雨，是那种窗玻璃都仿佛要被击碎的大雨。呼啸的狂风发出瘆人的巨响，撼动着整个校舍。藻屑突然开口说：

“这种人生，全是假的。”

“什么……？”

“一定全部是幻觉，我可以不用当真。肯定的，这只是噩梦，是幻觉。”

藻屑一动不动地凝视着我的脸。

窗外疾风骤雨，像另外一个世界。屋内的世界仿佛只剩我们两个，在这间分外寂静的、安全的、昏暗的教室里……

我轻轻伸出双臂。藻屑像是等待已久似的动一下脑袋，顺势倒进了我怀里。藻屑纤细瘦小的身体正好让我抱了个满怀，筋疲力尽的她在我怀里孱弱地颤抖着。

我试着轻抚藻屑的头。她吸了吸鼻子。

“喂，山田渚。”

“什么呀……？”

“孩子最需要的是安全感，这是班主任说的吧？”

“嗯。”

“可是，我不太理解安全感这个词的意思。”

“是呀……我也不太懂。有安全感的话，也许就是幸福吧，不太清楚。”

“嗯……不过，总有一天……”

藻屑将脸埋在我胸口，像寻找母猫气味的小猫一样嗅着鼻子。呼……她叹息的热气，透过衬衫传递了过来。

“不过，总有一天我要去别的地方，离开这里。

如果有能一直香喷喷地睡懒觉的地方就好了，比如深深的海底。在摇摆的波浪中打盹，只需要十年产一次卵，其余什么事都不用做……”

“是人鱼的世界吗？”

“嗯，在被污染的海里一直沉睡，只要这样就好……”

窗外狂风暴雨地动山摇。看一看时钟，现在还不到傍晚时分，天空却已经一片黑暗，大雨滂沱。校园里的树木都被狂风摇晃得快要折断了。

我和藻屑倚靠在玻璃窗边，出神地仰望着阴暗的天空。

这场暴风雨停歇后，藻屑便要回到那个父亲狂躁失常的家；而我也要回到班主任声称晚上要来“打倒贵族”的家。我们都不得不回去。然后到了下个礼拜，还不得不来这个名叫“学校”的地方，即使这里是成人们无法知悉的暗黑“社交界”。一旦那些黑色的霸凌节目开始上演，毫无疑问会让我痛苦到只想求死。

我对藻屑说：

“我们一起逃走吧。”

藻屑瞬间一激灵。

我瞄了一眼，她笑嘻嘻的。是她本人，苍白的脸上遍布淤青，挂着奇怪的笑容。

“好啊。山田渚想逃的话，我也一起。”

狂风骤雨如藻屑的妄想爆发一般，猛烈地摇撼着校舍，天空被染成了暗黑色，一直到入夜都没有好转。我和藻屑呆然地站在教室里，等待着外面的雨势能减弱到我们可以出去的程度。直到晚上七点后，风雨才总算停歇。此刻世界各地的人鱼都应该回到了日本海，正等着产下一颗颗鱼卵呢。我和藻屑手牵着手走出了教室，飞奔过昏暗的走廊，走下楼梯，离开了被大雨弄得泥泞不堪的校园。

黯淡的天空以迅雷不及掩耳之势将乌云推去了遥远的地方，夜空呈现出沉郁而美丽的、深蓝中带紫的藏青色。我和藻屑走在平日的乡间小路上。越远离学校，路上的泥坑就越少，终于我发现脚下的路就像完全没下过雨一样干燥。暴风雨仿佛只是在我们学校上空撼天动地一番后就“嗖”一下子离开了。所以我们现在走在干燥的小路上。

“我们得回家拿行李才行。”

“对了，山田渚。那你打算带什么东西走？”

“呃，钱包……还有……吹风机什么的。”

听了我的回答，海野藻屑仰着脸“啊哈哈”大笑起来。我们来到保障房小区，走到我家门口，我对藻屑说“我很快就出来，你在这儿等等”，藻屑默默点了点头。我一个人进了家门，开始把换洗衣服、吹风机、平日爱用的自动铅笔等等放入包里。拉门无声地打开了。我感觉到身后有动静，转过头去，原来友彦在静静地盯着我。

“小渚……你、你这是要去哪儿？”

“逃、逃走。”

我刚说完，友彦的表情微微地扭曲了。

“这样啊，嗯……我也好想离开这里啊。”

友彦说完这句便特别粗暴地关上了拉门，门砰的一声发出巨响，我的心脏像被一把揪住一样跳上跳下。然后我抓起行李包连滚带爬地出了家门。再也不回来了。再也不用做饭了。再也不要给妈妈帮忙了。我的子弹已经一发都不剩了。

我飞奔出玄关，外面却连半个人都没有。

“……藻屑？”我怯怯地唤着，没有回应。

起风了。夜深露重。潮湿的柏油路面微光闪烁。电线上的水珠随着风滴落下来，淋湿了我的脸。

“藻屑——！”

“嘿嘿嘿……”

躲在暗处的藻屑终于探出了头，开心地看着快要急哭的我。她笑嘻嘻地瞅着我手里的包。

“山田渚，你都带了什么啊？”

“换洗衣服、吹风机、铅笔、香皂……”

“唔……真是奇怪的选择呢。”

接着我俩又拉起手，走向海野藻屑家所在的高级住宅区。

藻屑家那栋白色的大宅今天也是空荡荡的，感觉不到人的气息。藻屑轻声对我说了一句“在这儿等等我”，便径自向玄关走去。我突然发现，自己现在站的位置，就是之前和花名岛正太两人被藻屑的障眼法蒙骗时站立的地方。我下意识地目不转睛盯着走向大门的藻屑。这回没有远方报时的钟声，藻屑也没有停下脚步。藻屑打开屋门走进玄关，转过身对我轻轻挥了挥手，脸上露出纯真无邪的笑容。这是发自内心的快乐一笑，是真实开心的微笑。此时我意识到，这是我第一次看到一个真正在笑的藻屑，而不是那个总爱怪怪邪笑的孩子。

藻屑那莞尔一笑的残影，随着缓缓关上的大门消失无踪。我伫立在原地，脑子里幻想着要和藻屑一起奔向的那个遥远的地方。那是哪里？反正不是这里。到了那里我和藻屑都会得到自由。对，那儿一定有那个东西。就是我和藻屑都未曾了解的，连需不需要都不太确定的东西。那个……叫作安全感的东西。

三十分钟过去了，一个小时过去了，藻屑一直没有从那扇大门里走出来。眼看着都过了两个小时，当我急得快哭的时候，玄关的门静悄悄地开了。我正要上前喊“藻屑……！”，却闭上了嘴巴噤声不语。

走出来的是海野雅爱。

海野雅爱在哭。

我很久没有见过大人哭泣的样子了，最后一次看到的还是十年前暴风雨那晚流泪的母亲。海野雅爱哭起来跟他女儿藻屑一样毫无章法，他号啕大哭着踉踉跄跄走出了玄关，朝车库方向走去。也没有锁上玄关的门。海野雅爱究竟要去哪儿？是要逃到什么地方去吗？为什么呢？他嘎达嘎达拖着一个不太大的旅行箱，边哭边把箱子放上车，然后坐进驾驶座发动引擎将车开了出去。在轰隆隆的引擎噪声下，那辆外观酷炫的高级进口车消失在了我的视野里。

我抬头看看这白色的房子。

已经过了两个小时了。绝对不正常。我蹑手蹑脚地靠近玄关，寻思着反正门没有锁，海野雅爱也不知道上哪儿旅游去了，我打开了门。

玄关里，只有一只鞋。

是刚刚藻屑还穿着的黑色乐福鞋。

“藻屑……？”

我呼唤着藻屑。

无人回应。

我脱了鞋，走进房间里，担心着海野雅爱突然回来。我连滚带爬地穿过走廊，在房间里寻找着藻屑。藻屑？藻屑？你在哪儿？我此时回想起藻屑曾用充满挑衅意味的口气说过的那句话：

“下一次绝对不会被识破。我会完完全全化作泡沫。”

这难道是藻屑的障眼法魔术升级版吗？这种时候藻屑居然还有心思搞怪捉弄人？我搜遍家中每个角落，都没有藻屑的身影。接着我忽然猜想，藻屑也许一直躲在玄关旁边，趁我刚才进门的一瞬间溜了出去也说不定，于是我急忙回到玄关，发现藻屑的小黑皮鞋还在那儿，我又开始在家里到处搜寻。过了很长时间，我一直在这宽敞空旷的家里徘徊，却始终没能找到藻屑。

当我去浴室看看时，好像……不知怎的闻到一股腥味。浴缸里有个很眼熟的东西就那么直直地立在那儿。

是砍柴刀，油亮亮的。

整个浴室湿漉漉的。

“……藻屑？”

我突然认为藻屑就在这里。我不禁抬头看看浴室的瓷砖，再看看天花板，转圈圈似的环顾四周，

“藻屑？藻屑？”我抱住头，“藻屑！”

“……你在干什么？”一个低沉的声音传来。

我尖叫着转过身。

海野雅爱不知什么时候回来了，正站在那里。我继续发出受到惊吓的尖叫声，海野雅爱则一脸困惑地看着我。

我终于冷静下来，问道：

“藻屑同学在家吗？”

“不在。你，在别人家干什么？”

“可是，她的鞋在家呀。刚才我是看着她进家门的。”

“我可没看到。你回去吧。藻屑如果回来了，我会转告给她。”

说完他便拽住我的胳膊把我拖出了海野家的浴室。我的双脚麻木无力。微微抬头，看到海野雅爱

的侧脸上一串串的泪珠掉落下来。刹那间，我有种非常可怕的预感，不禁全身颤抖起来。

我焦躁不安，觉得此时总得说点儿什么，问点儿什么才好。海野雅爱狠狠拖拽着我，要将我赶出这个房子。进入到走廊，越来越接近玄关了。看到了藻屑的黑皮鞋。

对了！我脑中一个闪念：

“那、那个……”

我哆哆嗦嗦地开口，牙齿咯咯打架。海野雅爱那毫无感情的眼眸朝我看过来，眼睛里滴滴答答不断地流出泪水。

“我、我家……我家哥哥跟我说过一个谜题。”

“谜题？”

“嗯……”

我声音颤抖，牙齿打着架，将那个“猜中即糟糕”的谜题说了出来：

“有一对夫妇，原来挺幸福的，有一天丈夫突然死掉了。”

“怎么死的？”

“这……我想是因为事故或疾病吧。嗯，这不是问题关键。”

“哦，是吗。然后呢？”

“嗯，这对夫妇有一个孩子。丈夫的葬礼上，来了一位他的男同事。这同事和死者的妻子之间气氛不错，也就是说他们互相产生了好感。但是呢，那天夜里，妻子突然把自己的孩子杀了。你觉得是为什么呢？”

听完这个几乎所有人都回答不出来的危险谜题，海野雅爱点了点头，说：

“Because I miss you.”

“什么……？”

“因为她想再见到那个人啊，难道不是吗？”

海野雅爱轻而易举地给出的——

是正确答案。

这道谜题的答案，就是“想见面”。

妻子是这样考虑的：如果再办一次葬礼就能又见到那个男人，于是她为了再举行一次葬礼，将自己的孩子杀了。所以谜底便是想和意中人见面。

我的脑海里开始不断回响起海野雅爱的成名曲《人鱼之骨》的第三段。感伤多愁的那首歌，柔美的叙事曲，但第三段莫名诡异。

我被拖到了玄关处，又被他一把推搡到门外。门正要关上时，我冲着海野雅爱大叫道：

“你把藻屑怎么了？”

海野雅爱没有回答我，只是泪水哗啦啦地流个不停。

“到底把她怎么了？！”

“……变成、海里的、泡沫了。”海野雅爱简短回答后，立刻关上了玄关的大门。

我紧贴着门大声嚷道：

“胡说！你胡说！”

玄关处非常安静，无论我怎么叫嚷，那扇门都没有要开的迹象。我只能放弃，一路连滚带爬似的飞奔回家。

在昏暗的回家路上，我幻想着藻屑会出其不意地探出头吓唬我，对我来一句：“锵锵！”可藻屑根本没有出现。我上气不接下气地回到家，推开玄关的门。

“哎呀！”母亲抬头看看我，说，“你回来得太晚啦。老师都已经来了呢。”

玄关里有一双男鞋。

班主任老师在茶几前正襟危坐。茶几上摆放着茶和小点心。电视机一直开着。

最里间的那扇拉门是关着的。

我脱了鞋，直接越过妈妈和班主任，径直走过去打开了那扇门。戴着耳机的友彦，正入神地看着情节复杂难解的科幻片DVD。他缓缓转过身，一看到我连忙摘下耳机：“小渚，怎么了？”

“哥，可能、也许、我说可能……”

“小渚？”

妈妈和班主任屏息注视着我。我两手抱住脑袋，大叫道：

“藻屑被她爸爸杀掉了！”

挣脱了妈妈和班主任的阻挠，我奔到警察局，拼命向警察说明所有情况，但没人愿意认真听我说话。即使我在努力述说：关于虐待的传闻；藻屑身上的伤痕；浴室里湿漉漉的砍柴刀；从家里消失的少女。当我说到以前藻屑曾用过障眼法玩消失时，这反而成了我报案的阻碍。

“那这次也一定是那孩子在捉弄你吧。等到学校见了面，就什么都明白了。”

警察这么说，一路追过来的妈妈和班主任老师也异口同声地对我说着同样的话。

妈妈还说：“海野雅爱的女儿爱撒谎这事儿，最近不是被传得沸沸扬扬吗？”她拿传闻举例子劝说着我。

而班主任则表示：

“山田现在是因为升学出路的事精神压力太大，所以才会这样吧。”

他们俩一左一右架住我，强行把我从警察局拖回了家。夜深了，大家都疲惫不堪，虚脱无力。摇曳着稻穗的田野，沉沦在无边的黑暗中，像极了暗夜里的大海。城镇的街道上飘浮着大雨过后的寒凉之意。

我一路哭着回到家。我思考着只有自己确信的事——最重要的朋友海野藻屑已经消失了。

我打开拉门走进友彦的房间，坐在友彦专用的床上，抱着头。友彦静静地坐在椅子上听着音乐。我纹丝不动地坐着。藻屑已经不在了。这个确凿的念头紧箍着我，残忍而痛苦地折磨着我。谁都没有发现。藻屑已经……

就这么过了一两个小时，友彦一直默默地听着音乐。命运时而慈悲温柔，时而冷漠残酷，拥有神之视角的友彦是命运的旁观者。此刻他终于歪过头来看着我：

"小渚"

"……"

那个孩子，真的死了？"

我点点头，说：

"……嗯，我觉得她已经死了。可谁也听不进我说的话。"

"小渚如果感觉她死了，我相信。"

我抬起了头。

友彦直视着我。

“小渚，说来听听吧。”

“嗯……”

于是我开始把脑子里想的事情说出来。

在蜷山看到七零八落的狗尸体这事，始终在我脑海里挥之不去。用水泥砖头将心爱的狗砸死，因为搬运困难竟然用砍柴刀分尸后弃置山间。然后就在刚才，又有一个走进家门后像变戏法一样消失的藻屑。过了好一阵子，从家里出来的只有海野雅爱。趁那家伙离开家时，我进去搜寻了一番，藻屑真的不见了。然后，我在浴室里发现了貌似是刚刚用过的砍柴刀。

那时海野雅爱的手中拖着一个旅游用的小行李箱。我原以为他是要逃到什么地方去，没想到他很快就回来了。

除了海野雅爱以外，离开那座房子的东西，只有那个行李箱。

然后，还有那把刚刚才用过的——砍柴刀。

说到这里，我感到胃里一阵抽搐，我瘫软无力地把头枕在友彦的膝头。友彦一言不发。我上气不接下气地说：

“这些话，你不会相信的吧……”

“……”

“大人都不相信我说的话。没有一个人担心藻屑，只说她是爱撒谎的奇怪孩子，还顺带嘲笑为她担心的我。但是我……”

友彦脸上的表情居然十分真挚。他既不是孩童，也还不是大人。这些年他一直没有活在“自己的人生”里，他是一个拥有“神之视点”的生活旁观者。可现在，他满脸担忧地看着我，一点儿不像他。接着，他突然像变了一个人似的，直截了当地对我说：

“小渚，我们走吧。”

“欸？”我反问，“走是去哪儿？”

“蜷山。”

我就这么有气无力地倚着哥哥的膝头，看着他。

哥哥摸出一根扎头发的皮筋，将飘逸的长发绑好，站起身打开了那扇拉门。

穿过厨房，他来到玄关找自己的鞋子。找到一双运动鞋正要穿，却发现对现在的自己来说，那鞋已经小了。他咂了下舌，把鞋子丢到一边。然后又翻出一双沙滩拖鞋穿上，打开了大门。

我也慌忙跟着他出去了。

外面仍然一片漆黑，离天亮还有一段时间。

时隔三年，这是友彦第一次踏入外面的世界。他迈出了第一步。

然后，他摇摇晃晃踏出了第二步、第三步。一阵眩晕袭来，他晃着脑袋蹲下来，俯身在路旁狂呕起来。

“唠……”

“哥，你没事吧？”

“没事……”

友彦摇摇晃晃地继续向前走，

没走几步又停下脚步。

“唠……”

“哎呀！哥！”

“……没事，真的没事。”

友彦转过头来，面带完全不像他的笑容对我说。就在那一瞬，我感觉似乎有人和我擦肩而过，虽然路上一个人也没有。我扭过头去看向身后。

身后只有，黑暗无际的柏油路。被两旁的稻穗簇拥住的湿漉漉的黑色道路。

仿佛有什么东西在逐渐远去。我感觉自己某一瞬间看到一团深粉色的雾状物体，从我和友彦的身边悠悠飘过。

产生这种感觉的只有我。友彦则又踉踉跄跄地迈出了脚步，将那个粉色的不明物体抛在脑后，步履蹒跚地，向前走去。

那团雾远离了友彦，飘走了。

我愣在原地许久，终于缓过神来，慌忙追随友彦而去。

终章

我和糖果子弹，永别了

十月四日的早晨——

竟然以这样的方式，降临在我的身上。

此时我正拉着友彦的手，举步维艰地攀登着蜷山。刚刚像决堤一样吐了一地的友彦恢复了精神，现在正一步、一步，迈着稳健的步伐向上攀登。

我一直在心中默祷，真希望那只是我一个人的胡思乱想。

(藻屑……

藻屑啊，希望那里没有你的尸体。

在那座蜷山，在那个狗被抛尸的地方。

一切正如你所说，暴风雨真的来了呢。我现在宁愿相信你是人鱼，回到海里和同伴们一起产出一颗颗鱼卵，约定了再过十年就回来，此时你已经遨游在别处的大海里了。多希望这一切都是真的。

啊，如果人鱼的故事是真的就好了……）

山路越来越陡峭，我身上凉飕飕的。这股寒意源于山林里的凉气，一种白色的雾霭，沁人体肤。明明朝阳已经照射进来，四周逐渐变得明亮，我们却微微打着寒战。

远方能看到大海。海浪变得强劲汹涌，清晰可见，它们不断撞击着防波堤，碎裂成细小的白色泡沫，消散于视线中。

我和友彦渐渐沉默了，最后的十分钟里几乎没有交流，只是无言地往那条野径深处走去。终于，又来到了那片眼熟的空地。

也许是心理作用，我感觉四周充满了腥味和野兽的气息。友彦停下脚步，用力嗅着空气中随风而来的味道。过了一会儿，他神情严肃地对我说：

"小渚，你在这儿等着别动，哥哥先去看一看。"

"哦，嗯……"

友彦慢慢地向前走，走到一处由树叶堆成的像个小高坡的地方后，便滞留在那儿很久都没有回来，留下我一个人呆呆地站在原地。听到踩着泥土的“沙沙”脚步声，友彦终于回来了。他迈着缓慢的步子回到我身边，一脸哀痛，低下头看着我说：

“下去吧。”

“……下去？下哪儿去？”

友彦摇摇头说：

“下山。”

“为什么？”

“因为必须报警。”

友彦轻缓地回头看了看那小高坡。我也伸长了脖子想看看那里究竟有什么。友彦却用双手遮住我的眼睛说：

“那儿有个死得七零八落的女孩。”

“藻屑！”

“可能就是那孩子吧。乌黑的头发，大大的眼睛，很漂亮的孩子。可现在样子变得非常可怕，你最好别去看。小渚，这个……”

友彦小心翼翼地递给我一张纸片。

我接了过来。

那是一张边缘被血或什么弄得黏糊糊的纸，正中间有一行极丑的字迹，写着："永别了，藻屑。"

"啊！"我失声大叫。这跟被砍柴刀大卸八块的狗尸体上静静放着的"永别了，波奇。"是同样的笔迹。当时我感觉那纸片是藻屑放的，看来全错了。这像是小孩写下的歪扭拙劣的字迹，正出自那首诡异叙事曲的创作者海野雅爱之手。

我挣开友彦，大步朝那个地方走去。

潮湿的落叶在我鞋子的踩踏下发出闷闷的声响。

不远处有小鸟在鸣啼。

我跑向那一片堆积成丘的物体，靠近它，停住脚步，屏息凝目——

于是，我看到了被肢解，并仔细堆叠摆放着的、再也不会再动弹的朋友。藻屑睁着眼，带着一脸又似惊恐又似绝望的可怜表情。她的时钟停在了那一瞬。那表情我曾见过。

嗡嗡……一只硕大的苍蝇在飞舞盘旋。

“浑身都是伤，海野……你这家伙好脏啊。”

花名岛的声音在我耳边回响。

才不过是半天前暴风雨中的那个场景。

“花名岛正太也一起变脏不就好了？！”

我转身看向友彦。友彦不再像曾经的那个他，用一种走投无路的表情看着我。我冲他喊道：

“哥！海野藻屑死了！被她那个脑子坏掉的爸爸杀掉了！”

友彦拉着我的手，搀扶着泣不成声的我。我们连滚带爬地下了山，冲进清晨的警察局。我哭着、颤抖着说不出话，友彦代替我，涨红着脸努力向警察说明我们发现了尸体一事。

自从友彦因为我而踏出家门，在玄关前失控呕吐后又步履蹒跚地坚持向前走的那一刻起，他似乎就失去了在隐遁生活中练就的那个叫“神之视点”的特殊能力。此时的友彦软弱无助，不但笨嘴拙舌说不出话来，仅仅和从里面走出来的大人们目光交接就已经十分勉强，额头上不断冒着汗珠。温柔的女警员拿来咖啡给友彦喝。友彦像在安慰我一样搂着我的肩膀，一边对大人们说明情况。我听到他发出打冷嗝似的声音，才发现泪水正从他脸颊上哗哗流下。

刑警急急忙忙地安排警员们前往现场了。友彦这个十七岁少年三年来被堵塞的情感洪流，此刻似乎一股脑儿决了堤，泪水如泉涌，无法止歇。哭泣的友彦十分俊美，那副模样给人以视觉冲击，能勾起母性本能。年轻的女警员们轮流过来给友彦擦拭眼泪，再摸摸身为妹妹的我的脑袋。她们每过来一次都会给我们一些草莓味巧克力、糖果、口香糖、芝麻薄饼什么的。走下神坛，不再是神一般的存在的友彦，还原成了那个年仅十七岁的少年，虚弱又无力。他只能像以前的夏日祭时那样，紧紧抱住妹妹抚摸她的头，表达自己的关怀和安慰。我忽然意识到：我的哥哥，历时三年，终于回来了。

难不成……走出家门时，和我擦肩而过的那团深粉色的雾，就是友彦拿生活、未来、朋友和恋爱所交换来的神？

关于消失的神，我思考了很久。那粉色的东西究竟从何而来，完全想不明白。

又过了一段时间，从别的部门来了几位像是刑警的警官，他们问了友彦同样的问题。友彦还是满脸通红结结巴巴，目光游离闪躲，一会儿看墙壁，一会儿看地板，再朝我看看，或瞅瞅自己的手掌，费力地说明着情况。友彦的子弹毫无攻击力，可他拼尽全力在前进。

在蜷山发现尸体的消息传开了。妈妈、睡眼惺忪的班主任，还有各种各样的人拥进了我们所在的房间。看到抽泣呜咽的友彦和虚脱无力的我，妈妈和老师飞奔过来。看到两个孩子紧紧相依、一动不动，妈妈紧张极了，她深呼吸了一下，惶恐不安地问：

“真的吗？海野家的女儿真的死了……？”

我们没有回答。我们已经说不出来任何话了。妈妈接着说：

“这、这、这就是现代的病魔吧，所有人、都很扭曲……”

“瞎说什么啊！”刚才还一副没睡醒的样子呆站着的班主任，突然对妈妈喊叫起来，“装得像个评论家一样，张口就来！扯什么现代病、扭曲，完全是两码事好吗？杀自己孩子的混蛋就是疯子，有什么好洗白的？！关现代古代什么事？胡扯淡！”

挨了一顿骂的妈妈蔫在了一旁。班主任闭嘴之后，揉了揉浮肿的眼睛，直挺挺地站在那儿好一会儿，然后一屁股坐在沙发上，抱住头发出一声痛苦的长叹。

随后的几分钟，谁也没有说话，房间里只有沉默在流动。

突然，有人发出抽噎声。

是谁？

我躲在哥哥怀里环顾了一下房间，看到俯身抱着头的班主任老师脚边，啪嗒，有个大粒的东西掉落在地面，是一滴咸涩的眼泪。

老师开口道：

“其实我也曾想帮她一把。”

“……帮她？老师，到底是怎么回事？”我颤抖着声音问。

班主任抬起头来，他的面容扭曲，脸上写满了不甘和悔恨，费力地挤出几句话：

“传闻其实我也听说了，她家附近的人也报过案。我也和儿童保护中心商量过这事。但是，一旦和海野说起这些，她就一味包庇父亲，替他开脱，谈话根本进行不下去。”

我心想，这就是斯德哥尔摩综合征吧，一种脑内产生的错觉。

“可我真的为了保护她而努力过。因为我是成年人，又做了教师，以为自己已然是个英雄超人了。山田，你的事也一样，就算被你讨厌也没关系，我铁了心了，无论如何也要让你去念高中。海野的事，我也曾经想要尽力去做些什么，英雄一定要在危急时刻出现才对，一般都是这样的，但情况和我想的不一样，我的学生竟然死了……”

“老师……”

班主任抓挠着头，痛苦地哀声低吟道：

“啊……海野呀，如果能活着熬过去，就会成为大人啊……”一字一句，都像是从嗓子里挤出来的，“可是海野，你真有活下去的意愿吗……”

直到傍晚，我们才走出警察局。这个事件似乎被媒体盯上了，警察局正门外面蹲守着很多电视台的人。我们悄悄地从后门离开，回家。途中，我去便利店找一种叫矿泉水的东西，买了回来。坐落在中国山脉脚下的这座小镇，生活中用的自来水都是山上融化的雪水，已经非常甘甜清冽了，所以和果汁同样价位的矿泉水根本没有人买。那是属于城里人的饮料。我打开瓶盖，学着海野藻屑的样子仰起头将矿泉水咕嘟咕嘟咕嘟嘟……喝了下去。水从嘴角流出来，滴滴答答落在脖子上。原来这水也没有那么好喝，有一股类似矿物的怪味。有种感觉，这个水不管你喝下多少，都无法缓解喉咙的干渴。我将矿泉水瓶从嘴边移开的时候，突然想到：啊……这就是那个海野藻屑的本体啊。

海野雅爱被逮捕了，干脆地招供了罪行。他痛哭流涕，俨然是痛失爱女的慈父，在连日来的新闻和娱乐八卦节目里掀起一片哗然。海野雅爱的出道成名曲《人鱼之骨》再次进入排行榜，真像一出低级趣味的恶作剧。人们如今才纷纷注意到这首哀愁忧郁的叙事曲的第三段歌词多少有点儿诡异。电视上的评论家们煞有介事地谈论这件事，连日进行各种各样的分析，喧腾聒噪，好不热闹。但是，无论谁说什么，藻屑都再也不会回来了，意识到这一点的人很少。应该只有海野雅爱、我、友彦，还有老师。

休息了十天左右后重新回到学校，到处都被一种奇特的气氛包围着。教室里也离奇地安静，“社交界”活跃人士也少言寡语，我和花名岛正太显得有点儿格格不入。

又过了几天，一点点、渐渐地，映子开始找我聊天了；比如聊一些关于电视节目的闲话，问我：“昨天的那个你看了吗？”或者聊发型和让睫毛卷翘的方法，说那睫毛上能放几根牙签什么的；总之，全都是些不痛不痒的话题。我一如往常地回应着。映子露出松了口气的表情，然后红着眼忍住泪，陷入了沉默，看样子她是在担心我。原来，“社交界”也是有善意和温情的。

放学回到家，友彦从房间里出来和我一起做晚饭。他用笨拙生疏的手法切着生菜丝，再浇上料汁；

还做了猪肉炒辣白菜，稍微淋上一点儿酱油。友彦做的菜还真不错。某天从学校回到家，我发现友彦已剪掉了那头柔顺的长发，剃成了近乎小平头的超短发。我不禁“哇！”叫出了声。友彦最近经常外出，皮肤稍微被太阳晒黑了，肩膀也变宽了，怎么说才好呢，他变成了一个我不曾认识的普通男生。那个脚踏云彩、步伐优雅地降临在哥哥身上的美貌神灵，不留一丝踪迹地消失了。

秋意越发浓郁了，友彦有一段时间经常独自思考着些什么，突然间，他去当兵了。他代替了我，抢先一步加入了本地的自卫队，真让人大吃一惊。

当我问他：“哥，你、你不要紧吧？”

友彦竟不解地反问我：“你说的‘不要紧’是什么意思？”

每次只要休假回家，友彦都一边香喷喷地吃着大碗拌饭，一边积极主动地听我说些学校的事或电视里的话题。这就是值得依靠的，俊美温柔的，我的哥哥。

我一瞬间失去了刚相识不久的海野藻屑，又失去了如神一般的友彦，缓过神时竟发现，我身边已再也没有人射击出齁甜的子弹了。藻屑消逝了，友彦也过上了如字面意思一样、名符其实的“射击子弹”的生活。

听说，友彦能将机枪拆成零部件，清理一新，然后迅速地把它组装回原样。他拆解组装机枪的动作麻利又优美，简直就像“和枪优雅共舞一般”，这句话是某天哥哥带回家做客的战友、一位身材魁梧的大哥哥说的。哥哥有了个绰号：“机枪贵公子”，身为妹妹的我，多少感到有点儿难以评价。

因为，已经——

再也没有人发射糖果子弹了。

再也不会有人从我背后扔矿泉水瓶了，不会有人逞强说淤青是污染了。

再也没有人对我说，不管天涯海角，一起逃

走吧。

我的头发越来越长，个子长高，四肢变修长，仿佛继承了已经变成男子汉模样的友彦的昔日容颜似的，我变成了亭亭玉立的女生。某天照了照镜子，我发现自己竟然莫名奇妙地像留长发时期的纤瘦友彦，不禁暗自惊异。

我决定去上高中。虽然家庭不富裕会面临很多困难，但我想，放学后去打点儿零工，毕业了就找工作，日子好歹总能过得去吧。班主任老师时刻盯着我的动向，生怕我改变主意。

今天也不时有新闻在报道儿童被害的案件。让我意识到这样的事在人世间其实并不罕见。只有幸存下来的孩子，才能变成大人——那天在警察局的房间里，老师曾这样自言自语过。或许老师也是幸存者吧，煎熬着活下来变成了大人的老师，今天也在为了孩子们四处奔走，时而成功，时而错失时机，然而对自身的过往始终保持着无限的沉默。

我，可能也会像老师一样。

某一天，我会变成大人，假装那些暴力、那些被剥夺的、那些痛，从来不曾存在。但我绝对不要变成那种把朋友的死当作年轻时的传奇，用同情的口吻在小酒馆里边喝边聊的恶臭大人。我想，自己会在无法释怀的状态下长大成人。但是，十三岁的我曾活在这里，周围还有其他和我一样拿着稚拙的武器，噼里啪啦射击着奇怪子弹的小战士们。有人幸存，有人死去，但我们都曾在这里活过——对此，我不会忘记。

也无法忘记。

在漫长岁月里战死的人名单中，海野藻屑的名字会悄然排列在一堆陌生的名字里，和那些我们不曾了解的土地上的，陌生孩子的名字排列在一起。藻屑是被父亲杀死的，被那个她依恋着、敬慕着、渴望得到其疼爱的，亲生父亲。

这世上时不时会发生这样的事，手握糖果子弹的孩子，无法对抗这世界——

我的灵魂，已经知晓此事。

作者后记

这是本奇妙的书。

该小说二〇〇四年十一月被收录在面向少男少女的轻小说书系“富士见悬疑文库”里，刊行过一次。其实，它并不是因约稿而诞生的，而是某一天，我脑海里忽然出现了一些故事情节，我无论如何都想把它写下来，于是躲进小楼奋笔疾书，在短时间内完成的。搁笔后，我感到束手无策，不知该将其投向何方。

而就在第二天，富士见书房出版社的人因其他工作事宜需面谈，结束时我顺手将打印好的《糖果子弹》原稿交给了编辑。就这样，一部虽然算是面向少男少女读者，却实际上压根与“娱乐”不沾边的书稿，误打误撞地被出版了。

刚发售之时，销量只是缓缓地增长。该类别的作品在书店里迭代迅速，竞争极为激烈，通常根据发行后的短期销量来决定命运，而这本书的销售却是一点一点地，持续不断地增长。我得到反馈：“来自全国各地书店的订单基本上是一次订购一两本，但发货到店上架后，从没有出现过退货。虽然销量涨势缓慢，可确确实实一直保持着上升趋势。”我倒是吃了一惊。就这样过了半年，书再版了。

从此，加印再版的消息接二连三，一年过后，销量数字突然飙升。如此微不足道的一册小书，在日本的某个角落，被某个驻足书店的读者发现，并被阅读至今。想到这里，我就觉得受到了莫大的鼓舞。

这本小书问世以后，来参加签售会等活动的读者年龄跨度忽然变大，不乏年届不惑的读者，偶尔竟也有年逾五十身着西装的男性读者前来，有力地握住我的手说“好好加油啊”。年轻人读这部作品我并不觉惊奇，可没想到上一定年纪的读者也会阅读这个故事。只要想到这部作品在书店的一角被寻觅注视，想到有人将我讲述的故事捧在手上，沉浸其中，心中就充满了无尽的感激。

之后，读过这本《糖果子弹》的出版社编辑相继来约稿。于是，二〇〇五年《不适合少女的职业》（东京创元社）、二〇〇六年《少女七灶和七个可怜的大人》（角川书店），还有后来的《赤朽叶家的传说》（东京创元社），都作为单行本出版了。之后，某种意义上可以说是以上作品之原点的《糖果子弹》，它的单行本的出版计划也启动了。

在此，我要向多年来欣赏我作品的读者、从今往后将有幸相遇的读者，向所有捧起这本小书的人，表达我深深的谢意。作品能被欣赏喜爱，是我这个作者无上的幸运。

此外，这本奇特小书能够顺利出版，深蒙富士见书房的责任编辑工藤大丈先生，以及时任悬疑文库总编的高木幸治先生关照。在我不安和痛苦时，幸得两位给予我坚定有力的支撑，支持着我一路走来。谢谢。

暂且道别。

若他日与您在别的作品里重逢，我会欣喜万分。后会有期。

樱庭一树

译后记

二〇二二年六月一日，是日本一年里唯一没有公休假日的月份的开始，是这个岛国即将进入梅雨季的时节。因新冠疫情而停摆或受限的生活正逐渐恢复往日模样，各学校也纷纷从网课转回线下教学。我在闷热的教师办公室里忙着备课，有一搭没一搭地附和着周围老师们的闲聊。这时，用了多年仍未淘汰的苹果SE第二代手机上来了一条信息，让我屏住了呼吸。

是南京译林出版社的编辑邀我翻译一本“灰暗的轻小说”，日文原作名叫『砂糖菓子の弹丸は撃ちぬけない』，直译便是“糖果做的子弹无法击穿任何东西”。单是这标新立异的冗长书名就透出一股沉甸甸的无力感，真的是“轻小说”吗？我脑袋里冒出问号。试读了几页后，我以为它只是个带着悬疑色彩的校园青春故事，根本没想到后来的翻译历程会是一场对自己的救赎之旅。

在六月湿闷的低气压中，我接下了本书的翻译任务。从那天起，白天忙于大学里的汉语教学，回到家则受困于柴米油盐生活琐事；但每当夜晚降临，我便翻开这本小书，打开破旧的电脑，纵身跃入小说中的世界，跟随书中人物或沿着苍凉的山阴海岸，或面对鸟取县的田野远山，开启一段段苦旅。

梅雨季如期而至，潮湿的空气、黯淡的阳光、接二连三的暴雨滂沱，都仿佛和我隔着一个时空；我穿越到书中九月初秋的鸟取县小镇上，看到一位瘦弱白皙的少女走进了教室，那是刚刚出场的海野藻屑。她容貌美丽，举止怪诞，一瘸一拐，还狂妄地自称是美人鱼；被山田渚看到腿上淤青时，口吐日语“国骂”……这样的人设，看似离谱，却让人胸口隐隐作痛。而山田渚，一个本该体验青春之美的平凡女孩，因父亲早逝、哥哥自闭，早早地和“浪漫”“理想”诀别，强迫自己做一个彻头彻尾的现实主义者。她买菜做饭、照顾母亲和哥哥，认真饲养学校里的兔子，渴望拥有自己的小房间而不得，这些几笔带过的情节，也使我的情绪像山阴海岸一样蒙上灰色。

轻小说？我回想起编辑介绍此书时说的话，特地去查阅了“轻小说”的定义——主要面对青少年读者群的、文体浅显直白可轻松阅读的小说。“轻松阅读”？我狐疑地盯着这几个字，捂着微微疼痛的胸口继续译下去。在随山田渚攀登蜷山的路上，我由于无法承受书中世界的沉重，几次强行将自己拉回已经出了梅的、艳阳高照的大阪。但当译到藻屑狂躁的父亲把女儿丢在停车场扬长而去，再到山田渚陪藻屑去买砍柴刀，懵懂地目送着朋友走向深渊……逐字逐句将这些情节转换为汉语时，我彻底被困在了那个世界，迟迟无法抽离，无法回到现实。

各位读者也许会觉得：过度沉浸在原作世界里的译者，一定是个奇怪的大人吧。是的。那时的我，几乎要被现实生活击垮。在家庭中，叛逆期孩子的言行一次次将身为母亲的我推向绝望边缘；工作中，淤积的压力和职业假笑也销蚀着我的精神，钝化了我的喜怒哀乐。作为一个面对生活的乱麻的成年人，我唯一的自救方式就是深夜听着神圣放逐乐队的《站在大炮上的那个女孩》，一边搭乘翻译的列车前往“糖果子弹”散落一地的鸟取，将盛夏白昼中积累的抑郁因子抛撒到被夕阳染成紫红色的大海里。

书中关于伤痕、残疾、虐待、友情、初恋、无力的逃离和生死的徘徊等描写，摇撼着我日渐麻木的灵魂，让我清醒地认识到，自己的痛苦和这些孩子所受的折磨无法相比。成年人终究还能觅得解药，而十三岁的她们，无路可逃。

九月的大阪，还能听到一些蝉的鸣叫，但早晚的空气里已经飘起了微凉的秋意。小说后半段的翻译过程中时常伴随自己的抽泣声，只能努力透过被泪水模糊的双眼，将细腻又绝望的原作句子转换成汉字，敲打在屏幕上。其中有三幕场景，让我失声痛哭：

第一幕，朦胧的月夜，藻屑约山田渚去海边，从海对岸漂流过来的空易拉罐都显得比藻屑自由。藻屑在最信任的朋友面前，笑着纵身跳进漆黑的大海。她说自己是人鱼不会溺水，说自己身上的伤痕是海洋污染。海风在和夏季告别，她似乎想在朋友的见证下和这个世界做一个预演的告别。那晚人鱼公主没有变成泡沫，而她回家后的惨叫刺痛了我的耳膜。

第二幕，暴雨后，山田渚与藻屑相约逃走。她们不想再回到失常的家庭，那儿没有孩子最需要的东西——安全感。山田渚先回家拿行李，将本不该自己承担的家庭重担愤愤地摔落在地，并和哥哥果断告别。接着两个女孩手拉手去藻屑家，藻屑打开家门，转过身对山田渚挥手，露出她短短十三年生命中第一次，也是最后一次快乐、安心、真实的笑容。这最后的一瞥仿佛在我脑海里定格成藻屑的遗像，刻在我心中的墓碑上，击溃了我的泪腺。

第三幕，山田渚的哥哥友彦三年来首次走出家门。预感藻屑已遭遇不测的山田渚，即使去报警都没被大人们理会。而自我封闭三年的友彦，忽然破茧成蝶，为了妹妹也为了自己，踉跄着努力踏出了新人生的第一步。我仿佛也在场，目送兄妹俩走在被稻穗簇拥着的湿漉漉的黑色柏油路上，泪如雨下。

藻屑被发现的那个小丘，仿佛地狱，又似净土。让每个见证者都在经历巨大的创痛的同时也接受了一种无形的洗礼。山田渚、友彦、花名岛、班主任、映子……在短短一个月里和海野藻屑有过交集的人，也许在未来人生里，多少会背负着藻屑的灵魂与梦前行吧？而那或许不是负担，而是作为“幸存者”的使命。

二〇二二年十月底，我全文译毕，斟酌校对三次后，于当年年底提交了译稿。我对编辑表示：“《糖果子弹》是描写不可承受之重的轻小说，是一部杰作。”从那以后，我便翘首盼望着它的中文版上市，但因诸多因素迟迟未能如愿，而我在苦苦等待的一年来，也继续着和现实生活的苦斗。每当失意疲惫之时，我都会翻开这本小说，跨越时空重返日本海沿岸，开启那段疼痛与青涩、黑暗与温暖、绝望与希望交织的旅程，获得些许释放与救赎。

此刻翻阅这本书的你，也许正经历着藻屑的伤痛，或正处在山田渚的困境；或已经淬火重生，成为温柔坚定的大人。不管你是谁，我想用翻译过程中回响在我耳边的一首歌的歌词作为结语，像温暖明亮的夕阳一样，拥抱每一个努力活着的灵魂：

夜色湛蓝绝美，

海岸沙滩上的她

将梦想塞进瓶子

抛入大海。

……

伸向星空的双手，

想消失，

想消逝。

……

踮起脚尖的孩子啊，

我好想保护你。[1]

亮夕

二〇二四年五月十五日于大阪

窗外初夏晴空下，立着一根并不孤独的“电柱[2]”

1 歌词节选自神圣放逐乐队专辑《英雄syndrome》中的『背伸び』，词作者为乐队主唱の子。

2 即电线杆。